人生文丛 | 林贤治 主编

艺术人生

丰子恺 著

南方传媒 花城出版社

中国·广州

图书在版编目（ＣＩＰ）数据

艺术人生 / 丰子恺著. -- 广州 ：花城出版社，
2024.1
（人生文丛 / 林贤治主编）
ISBN 978-7-5360-9500-7

Ⅰ．①艺… Ⅱ．①丰… Ⅲ．①散文集－中国－现代
Ⅳ．①I266

中国版本图书馆CIP数据核字（2022）第027535号

出 版 人：张　懿
特邀编辑：佘红梅
项目统筹：揭莉琳　邹蔚昀
责任编辑：梁秋华
责任校对：李道学
技术编辑：凌春梅
封面绘图：老　树
装帧设计：姚　敏

书　　名　艺术人生
　　　　　YISHU RENSHENG
出版发行　花城出版社
　　　　　（广州市环市东路水荫路 11 号）
经　　销　全国新华书店
印　　刷　佛山市迎高彩印有限公司
　　　　　（佛山市顺德区陈村镇广隆工业区兴业七路 9 号）
开　　本　880 毫米 ×1230 毫米　32 开
印　　张　8.625　2 插页
字　　数　150,000 字
版　　次　2024 年 1 月第 1 版　2024 年 1 月第 1 次印刷
定　　价　46.00 元

如发现印装质量问题，请直接与印刷厂联系调换。
购书热线：020-37604658　37602954
花城出版社网站：http://www.fcph.com.cn

人生
文丛 | 看纷纭世态
读各色人生

写在"人生文丛"新版之前

　　20世纪90年代初，受出版社之邀，编选了"人生文丛"，计二十种。恰逢第四届全国书市在广州举办，这套丛书成了场上的"骄子"，被评为"十大畅销书"之一。此后一段时间，一版再版，受欢迎的程度超乎出版人的预想。其时，坊间腾起一股"散文热"。若果"人生文丛"算不上引燃物的话，至少，它提供的柴薪是增添了不少热量的。

　　五四开启了一个时代，星汉灿烂，人才辈出。新文学第一代作家的坚实的创作实践，奠定了"艺术为人生"的原则，影响至为深远。"人生文丛"乃从五四后三十年间，遴选有代表性的二十位作家的非虚构作品，也即我们惯称的散文，自然是广义的散文，除了一般的叙事之作，还包括演讲稿，以及带有隐私性质的日记、书信等。这些文字，烙上作者各自的人生印记，不同的思想和艺术个性，真诚、真实、真切，俾普通读者——英国作家伍尔夫郑重地使用了这个词，以它为一本文学评论集命名——借由文学更好地体察社会，思考人生，并从中获得美学的熏陶。

文丛初版时，编者分别使用了一个虚拟的"何氏家族"成员的代名。此次重版，恢复了编者的本名。

由于版权变易，初版时的林语堂、巴金已为丁玲、萧红所代替。单从人生富含的文化价值看，后者的意蕴恐怕更深。同样出于版权关系，未予收入张爱玲，这是可遗憾的。无论读文学，读人生，张爱玲都是不容忽略的。

新版"人生文丛"，对胡适、郭沫若、冰心、丰子恺等作家，各有篇幅不等的增订。私心里，总是期望选本能够尽善尽美，以贡献于广大读者之前，虽然自知这是很艰难的事。

编者
2023年6月

编辑者说

关于中国传统文化，我们常常要说到儒、道、释三教合流。其实，佛教的影响，主要在六朝及唐这样一段并不很长的时间；在文化心理方面，则远不如儒、道的浸淫深入。宋代的"新儒学"，虽或含有释家因子，由于政治与礼教的苛酷，佛子固有的博大、宽容、真纯与坚苦的精神，已是日渐颓靡了。近代知识分子中间，虽然颇有一批好佛的人，艺术禀赋极高如苏曼殊、李叔同，甚至干脆出家，做了彻底的皈依者，然而毕竟少有追随的人。及至"五四"一来，新潮激荡，空谷足音，几成绝响。

在现代作家中间，从行为到精神，深受佛家影响者，当首推丰子恺。

丰子恺（1898—1975），浙江桐乡人，名仁，号子恺，随老师李叔同皈依佛教后，取法名婴行。1919年，于浙江第一师范毕业。曾赴日本游学，归国后潜心读书，并从事翻译和著述。他擅长西画、音乐，尤以漫画著称，有《子恺漫画》《子恺画集》等出版。又工散文，著有《缘缘堂随笔》

《车厢社会》等。日本一位批评家高度评价他的散文，用"鹤立鸡群"一语，比喻他在当时上海作家当中的特殊地位。此外，他还翻译和编撰有关美术、音乐书籍多种。晚年学习俄语，与其女合作，致力于苏联美术、音乐和文学作品的翻译和介绍工作。

作为佛教居士，丰子恺诚实，正直，处世严肃，自甘淡泊。他读唐诗："调与时人背，心将静者论。终年帝城里，不识五侯门。"在诗上面画了一个红圈，再在三、四两句的旁边画上红线，表明了做人的旨趣。他虽然"不识五侯门"，却熟悉众生相，人生的无常，世道的坎坷，人类的凶残、虚伪、实利，都是他所慨叹的。他神往于一个安宁、和谐、纯洁、美好的世界。他说："近来我的心为四事所占据了：天上的神明与星辰，人间的艺术与儿童。"或许可以说，这"四事"是对于现实的逃避，但是变换了角度看，后二者又何尝不可以看作是对于未来的一种积极的建设呢？

理想与现实，其实无时不在他的心中"交战"，如他所说。集中选入的散文小品，虽然各有侧重，却是这一交战过程的如实记录。在古代诗人中，他最喜陶渊明和白居易，无非因为他们崇尚自然，作风平实而已。他的文字，也是随意写来，不加矫饰的。他有文集名"率真"，正好拿来代表他的人格与文风。他对生命与艺术，有着异于常人的敏感，书中即留有这方方面面的颖悟。毋庸讳言，不少地方也透露了他的虚无主义和静观态度，缺乏介入社会的涌动的生命热情。有些文章，尚嫌轻浅直露了些。大约这同过分地倚赖"心性"不无关系罢？

人们都喜读《缘缘堂随笔》那类记物抒怀的文字，以为清水芙蓉，去尽浮华；依编者之见，其实讲说美术和音乐的文字更见佳胜。在一样自然的情感流布中，艺术与生活、典故与比喻，彼此关联，互相映发。其深入浅出，丰富生动，令人读后，不觉顿生更无替人的遗憾。

目 录

第一辑
生活的摹写

第二辑

人性的体认

第三辑

艺术的感悟

第一辑

生活的摹写

人间的事，只要生机不灭，

即使重遭天灾人祸，暂被阻抑，

终有抬头的日子。

春

　　春是多么可爱的一个名词！自古以来的人都赞美它，希望它长在人间。诗人，特别是词客，对春爱慕尤深。试翻词选，差不多每一页上都可以找到一个春字。后人听惯了这种话，自然地随喜附和，即使实际上没有理解春的可爱的人，一说起春也会觉得欢喜。这一半是春这个字的音容所暗示的。"春！"你听，这个音读起来何等铿锵而惺忪可爱！这个字的形状何等齐整妥帖而具足对称的美！这么美的名字所隶属的时节，想起来一定很可爱。好比听见名叫"丽华"的女子，想来一定是个美人。

　　然而实际上春不是那么可喜的一个时节。我积36年之经验，深知暮春以前的春天，生活上是很不愉快的。

　　梅花带雪开了，说道是漏泄春的消息。但这完全是精神上的春，实际上雨雪霏霏，北风烈烈，与严冬何异？所谓迎春的人，也只是瑟缩地躲在房栊内，战栗地站在屋檐下，望望枯枝一般的梅花罢了！

　　再迟个把月罢，就像现在：惊蛰已过，所谓春将半了。住在都会里的朋友想像此刻的乡村，足有画图一般美丽，连忙写

3

信来催我写春的随笔。好像因为我偎傍着春，惹他们妒忌似的。其实我们住在乡村间的人，并没有感到快乐，却生受了种种的不舒服：寒暑表激烈地升降于36度至62度之间。一日之内，乍暖乍寒。暖起来可以想起都会里的冰淇淋，寒起来几乎可见天然冰，饱尝了所谓"料峭"的滋味。天气又忽晴忽雨，偶一出门，干燥的鞋子往往拖泥带水归来。"一春能有几番晴"是真的；"小楼一夜听春雨"其实没有什么好听，单调得很，远不及你们都会里的无线电的花样繁多呢。春将半了，但它并没有给我们一点舒服，只教我们天天愁寒，愁暖，愁风，愁雨。正是"三分春色二分愁，更一分风雨"！

　　春的景象，只有乍寒、乍暖、忽晴、忽雨是实际而明确的。此外虽有青的美景，但都隐约模糊，要仔细探寻，才可依稀仿佛地见到，这就是所谓"寻春"罢？有的说"春在卖花声里"，有的说"春在梨花"，又有的说"红杏枝头春意闹"，但这种景象在我们这枯寂的乡村里都不易见到。即使见到了，肉眼也不易认识。总之，春所带来的美，少而隐；春所带来的不快，多而确。诗人词客似乎也承认这一点，春寒、春困、春愁、春怨，不是诗词中的常谈么？不但现在如此，就是再过个把月，到了清明时节，也不见得一定春光明媚，令人极乐。倘又是落雨，路上的行人将要"断魂"呢。

　　可知春徒美其名，在实际生活上是很不愉快的。实际，一年中最愉快的时节，是从暮春开始的。就气候上说，暮春以前虽然大体逐渐由寒向暖，但变化多端，始终是乍寒，乍暖，最难将息的时候。到了暮春，方才冬天的影响完全消灭，而一路向暖。寒暑表上的水银爬到temperate^①上，正是气候最temperate的时节。就景色上说，春色不须寻找，有广大的绿野青山，慰人心目。古人词云："杜宇一声春去，树头无数青山。"原来山要到春去的时候方才全青，而惹人注目。我觉得自然景色中，青草与白雪是最伟大的现象。造物者描写"自然"这幅大画图时，对于春红、秋艳，都只是略蘸些胭脂、朱磦，轻描淡写。到了描写白雪与青草，他就毫不吝惜颜料，用刷子蘸了铅粉、藤黄和花青而大块地涂抹，使屋屋皆白，山山皆青。这仿佛是米派山水的点染法，又好像是 Cezanne^②风景画的"色的块"，何等泼辣的画风！而草色青青，连天遍野，尤为和平可亲，大公无私的春色。花木有时被关闭在私人的庭园里，吃了园丁的私刑而献媚于绅士淑女之前。草则到处自生自长，不择贵贱高下。人都以为花是春的作品，其实春工不在花枝，而在于草。看花的能有几人？草则广泛地生长在大地的表面，普遍地受大众的欣赏。这种美景，是早春所见不到的。那时候山野中枯草遍地，满目憔悴之色，看了令人不快。必须到了暮春，枯草尽去，才有真的青山绿野的出现，而天地为之一

---

① 温和。

② 保罗·萨让纳（1839—1906），法国画家。

新。一年好景，无过于此时。自然对人的恩宠，也以此时为最深厚了。

讲求实利的西洋人，向来重视这季节，称之为May（五月）。May是一年中最愉快的时节，人间有种种的娱乐，即所谓May-queen（五月美人）、May-pole（五月彩柱）、May-games（五月游艺）等。May这一个字，原是"青春""盛年"的意思。可知西洋人视一年中的五月，犹如人生中的青年，为最快乐、最幸福、最精彩的时期。这确是名符其实的。但东洋人的看法就与他们不同：东洋人称这时期为暮春，正是留春、送春、惜春、伤春，而感慨、悲叹、流泪的时候，全然说不到乐。东洋人之乐，乃在"绿柳才黄半未匀"的新春，便是那忽晴、忽雨、乍暖、乍寒、最难将息的时候。这时候实际生活上虽然并不舒服，但默察花柳的萌动，静观天地的回春，在精神上是最愉快的。故西洋的"May"相当于东洋的"春"。这两个字读起来声音都很好听，看起来样子都很美丽。不过May是物质的、实利的，而春是精神的、艺术的。东西洋文化的判别，在这里也可窥见。

1934年3月12日

秋

　　我的年岁上冠用"三十"二字，至今已两年了。不解达观的我，从这两个字上受到了不少的暗示与影响。虽然明明觉得自己的体格与精力比二十九岁时全然没有什么差异，但"三十"这一个观念笼在头上，犹之张了一顶阳伞，使我的全身蒙了一个暗淡色的阴影，又仿佛在日历上撕过了立秋的一页以后，虽然太阳的炎威依然没有减却，寒暑表上的热度依然没有降低，然而只当得余威与残暑，或霜降木落的先驱，大地的节候已从今移交于秋了。

　　实际，我两年来的心情与秋最容易调和而融合。这情形与从前不同。在往年，我只慕春天。我最欢喜杨柳与燕子。尤其欢喜初染鹅黄的嫩柳。我曾经名自己的寓居为"小杨柳屋"，曾经画了许多杨柳燕子的画，又曾经摘取秀长的杨柳，在厚纸上裱成各种风调的眉，想像这等眉的所有者的颜貌，而在其下面添描出眼鼻与口。那时候我每逢早春时节，正月二月之交，看见杨柳枝的线条上挂了细珠，带了隐隐的青色而"遥看近却无"的时候，我心中便充满了一种狂喜，这狂喜又立刻变成焦虑，似乎常常在说："春来了！不要放过！赶快设法招待它，享乐它，永远留住它。"我读了"良辰美景奈何天"等句，曾经真心地感动。以为古人都叹息一春的虚度，前车可鉴！到我手里决不放它空过了。最是逢到了古人惋惜最深的寒食清明，我心中的焦灼便更甚。那一天我总想有一种足以充分酬偿这佳节的举行。我准拟作诗，作画，或痛饮，漫游。虽然大多不被实行；或实行而全无效果，反而中了酒，闹了事，换得了不快的回忆；但我总不灰心，总觉得春的可恋。我心中似乎只有知道春，别的三季在我都当作春的预备，或待春的休息时间，全然不曾注意到它们的存在与意义。而对于秋，尤无感觉：因为夏连续在春的后面，在我可当作春的过剩；冬先行在春的前面，在我可当作春的准备；独有与春全无关联的秋，在我心中一向没有它的位置。

自从我的年龄告了立秋以后，两年来的心境完全转了一个方向，也变成秋天了。然而情形与前不同：并不是在秋日感到像昔日的狂喜与焦灼。我只觉得一到秋天，自己的心境便十分调和。非但没有那种狂喜与焦灼，且常常被秋风秋雨秋色秋光所吸引而融化在秋中，暂时失却了自己的所在。而对于春，又并非像昔日对于秋的无感觉。我现在对于春非常厌恶。每当万象回春的时候，看到群花的斗艳，蜂蝶的扰攘，以及草木昆虫等到处争先恐后地滋生繁殖的状态，我觉得天地间的凡庸，贪婪，无耻，与愚痴，无过于此了！尤其是在青春的时候，看到柳条上挂了隐隐的绿珠，桃枝上着了点点的红斑，最使我觉得可笑又可怜。我想唤醒一个花蕊来对它说："啊！你也来反复这老调了！我眼看见你的无数祖先，个个同你一样地出世，个个努力发展，争荣竞秀；不久没有一个不憔悴而化泥尘。你何苦也来反复这老调呢？如今你已长了这蘖根，将来看你弄娇弄艳，装笑装颦，招致了蹂躏，摧残，攀折之苦，而步你祖先们的后尘！"

实际，迎送了三十几次春来春去的人，对于花事早已看得厌倦，感觉已经麻木，热情已经冷却，决不会再像初见世面的青年少女似的为花的幻姿所诱惑而赞之，叹之，怜之，惜之了。况且天地万物，没有一件逃得出荣枯，盛衰，生夭，有无之理。过去的历史昭然地证明着这一点，无须我们再说。古来无数的诗人千篇一律地为伤春惜花费词，这种效颦也觉得可厌。假如要我对于世间的生荣死灭费一点词，我觉得生荣不足道，而宁愿欢喜赞叹一切的死灭。对于前者的贪婪，愚昧，与怯弱，后者的态度何等谦逊，悟达，而伟大！我对于春与秋的取舍，也是为了这一点。

夏目漱石三十岁的时候，曾经这样说："人生二十而知有生的利益；二十五而知有明之处必有暗；至于三十岁的今日，更知明多之处暗也多，欢浓之时愁也重。"我现在对于这话也深抱同感；同时又觉得三十的特征不止这一端，其更特殊的是对于死的体感。青年们恋爱不遂的时候惯说生生死死，然而这不过是知有"死"的一回事而已，不是体感。犹之在饮冰挥扇的夏日，不能体感到围炉拥衾的冬夜的滋味。就是我们阅历了三十几度寒暑的人，在前几天的炎阳之下也无论如何感不到浴日的滋味。围炉，拥衾，浴日等事，在夏天的人的心中只是一种空虚的知识，不过晓得将来须有这些事而已，但是不可能体感它们的滋味。须得入了秋天，炎阳逞尽了威势而渐渐退却，汗水浸胖了的肌肤渐渐收缩，身穿单衣似乎要打寒噤，而手触法兰绒觉得快适的时候，于是围炉，拥衾，浴日等知识方能渐渐融入体验界中而化为体感。我的年龄告了立秋以后，心境中所起的最特殊的状态便是这对于"死"的体感。以前我的思虑真疏浅！以为春可以常在人间，人可以永在青年，竟完全没有想到死。又以为人生的意义只在于生，而我的一生最有意义，似乎我是不会死的。直到现在，仗了秋的慈光的鉴照，死的灵气钟育，才知道生的甘苦悲欢，是天地间反复过亿万次的老调，又何足珍惜？我但求此生的平安的度送与脱出而已，犹之罹了疯狂的人，病中的颠倒迷离何足计较？但求其去病而已。

我正要搁笔，忽然西窗外黑云弥漫，天际闪出一道电光，发出隐隐的雷声，骤然洒下一阵夹着冰雹的秋雨。啊！原来立秋过得不多天，秋心稚嫩而未曾老练，不免还有这种不调和的现象，可怕哉！

1929年秋作

杨　柳

因为我的画中多杨柳树，就有人说我喜欢柳树；因为有人说我喜欢柳树，我似觉自己真与杨柳树有缘。但我也曾问心，为甚么喜欢杨柳？到底与杨柳树有甚么缘？其答案了不可得。原来这完全是偶然的：昔年我住在白马湖上，看见人们在湖边种柳，我向他们讨了一小株，种在寓屋的墙角里。因此给这屋取名为"小杨柳屋"，因此常取见惯的杨柳为画材，因此就有人说我喜欢杨柳，因此我自己似觉与杨柳有缘。假如当时人们在湖边种荆棘，也许我会给屋取名为"小荆棘屋"，而专画荆棘，成为与荆棘有缘，亦未可知。天下事往往如此。

但假如我存心要和杨柳结缘，就不说上面的话，而可以附会种种理由上去。或者说我爱它的鹅黄嫩绿，或者说我爱它的如醉如舞，或者说我爱它像小蛮的腰，或者说我爱它是陶渊明的宅边所种的，或者还可援引"客舍青青"的诗，"树犹如此"的话，以及"王恭之貌""张绪之神"等种种古典来，作为自己爱柳的理由。即使要找三百个冠冕堂皇、高雅深刻的理由，也是很容易的。天下事又往往如此。

也许我曾经对人说过"我爱杨柳"的话。但这话也是随便的，空洞的。仿佛我偶然买一双黑袜穿在脚上，有人问我"为甚么穿黑袜"时，就对他说"我喜欢穿黑袜"一样。实际，我向来对于花木无所爱好；即有之，亦无所执着。这是因为我生长穷乡，只见桑麻、禾黍、烟片、棉花、小麦、大豆，不曾亲近过万花如绣的园林。只在几本旧书里看见过"紫薇""红杏""芍药""牡丹"等美丽的名称，但难得亲近这等名称的所有者。并非完全没有见过，只因见时它们往往使我失望，不相信这便是曾对紫薇郎的紫薇花，曾使尚书出名的红杏，曾傍美人醉卧的芍药，或者象征富贵的牡丹。我觉得它们也只是植物中的几种，不过少见而名贵些，实在也没有甚么特别可爱的地方，似乎不配在诗词中那样地受人称赞，更不配在花木中占据那样高尚的地位。因此我似觉诗词中所赞的名花是另外一种，不是我现在所看见的这种植物。我也曾偶游富丽的花园，但终于不曾见过十足地配称"万花如绣"的景象。

假如我现在要赞美一种植物，我仍是要赞美杨柳。但这与前缘无关，只是我这几天的所感，一时兴到，随便谈谈，也不会像信仰宗教或崇拜主义地毕生皈依它。为的是昨日天气佳，埋头写作到傍晚，不免走到西湖边的长椅子里去坐了一会。看见湖岸的杨柳树上，好像挂着几万串嫩绿的珠子，在温暖的春风中飘来飘去，飘出许多弯度微微的S线来，觉得这一种植物实在美丽可爱，非赞它一下不可。

听人说，这种植物是最贱的。剪一根枝条来插在地上，它也会活起来，后来变成一株大杨柳树。它不需要高贵的肥料或工深的蕹培，只要有阳光、泥土和水，便会生活，而且生得非常强健而美丽。牡丹花要吃猪肚肠，葡萄藤要吃肉汤，许多花木要吃豆饼，杨柳树不要吃人家的东西，因此人们说它是"贱"的。大概"贵"是要吃的意思。越要吃得多，越要吃得好，就是越"贵"。吃得很多很好而没有用处，只供观赏的，似乎更贵。例如牡丹比葡萄贵，是为了牡丹吃了猪肚肠一无用处，而葡萄吃了肉汤有结果的缘故。杨柳不要吃人的东西，且有木材供人用，因此被人看作"贱"的。

我赞杨柳美丽，但其美与牡丹不同，与别的一切花木都不同。杨柳的主要的美点，是其下垂。花木大都是向上发展的，红杏能长到"出墙"，古木能长到"参天"。向上原是好的，但我往往看见枝叶花果蒸蒸日上，似乎忘记了下面的根，觉得可恶！你们是靠他养活的，怎么只管高踞在上面，绝不理睬他呢？你们的生命建设在他上面，怎么只管贪图自己的光荣，而绝不回顾处在泥土中的根本呢？花木大都如此。甚至下面的根已经被斫，而上面的花叶还是欣欣向荣，在那里作最后一刻的威福，真是可恶而又可怜！杨柳没有这般可恶可怜的样子：它不是不会向上生长。它长得很快，而且很高；但是越长得高，越垂得低。千万条陌头细柳，条条不忘记根本，常常俯首顾着下面，时时借了春风之力而向处在泥土中的根本拜舞，或者和他亲吻，好像一群活泼的孩子环绕着他们的慈母而游戏，而时时依傍到慈母的身旁去，或者扑进慈母的怀里去，使人见了觉得非常可爱。杨柳树也有高出墙头的，但我不嫌它高，为了它高而能下，为了它高而不忘本。

自古以来，诗文常以杨柳为春的一种主要题材。写春景曰"万树垂杨"，写春色曰"陌头杨柳"，或竟称春天为"柳条春"。我以为这并非仅为杨柳当春抽条的缘故，实因其树有一种特殊的姿态，与和平美丽的春光十分调和的缘故。这种特殊的姿态，便是"下垂"。不然，当春发芽的树木不知凡几，何以专让柳条作春的主人呢？只为别的树木都凭仗了春的势力而拼命向上，一味求高，忘记了自己的根本，其贪婪之相不合于春的精神。最能象征春的神意的，只有垂杨。

这是我昨天看了西湖边上的杨柳而一时兴起的感想。但我所赞美的不仅是西湖上的杨柳。在这几天的春光之下，乡村到处的杨柳都有这般可赞美的姿态。西湖似乎太高贵了，反而不适于栽植这种"贱"的垂杨呢。

廿四（1935）年三月四日于杭州

梧桐树

寓楼的窗前有好几株梧桐树。这些都是邻家院子里的东西，但在形式上是我所有的。因为它们和我隔着适当的距离，好像是专门种给我看的。它们的主人，对于它们的局部状态也许比我看得清楚；但是对于它们的全体容貌，恐怕始终没看清楚呢。因为这必须隔着相当的距离方才看见。唐人诗云："山远始为容。"我以为树亦如此。自初夏至今，这几株梧桐树在我面前浓妆淡抹，显出了种种的容貌。

当春尽夏初，我眼看见新桐初乳的光景。那些嫩黄的小叶子一簇簇地顶在秃枝头上，好像一堂树灯。又好像小学生的剪贴图案，布置均匀而带幼稚气。植物的生叶，也有种种技巧：有的新陈代谢，瞒过了人的眼睛而在暗中偷换青黄。有的微乎其微，渐乎其渐，使人不觉察其由秃枝变成绿叶。只有梧桐树的生叶，技巧最为拙劣，但态度最为坦白。它们的枝头疏而粗，它们的叶子平而大。叶子一生，全树显然变容。

在夏天，我又眼看见绿叶成荫的光景。那些团扇大的叶片，长得密密层层，望去不留一线空隙，好像一个大绿幢，又好像图案画中的一座青山。在我所常见的庭院植物中，叶子之大，除了芭蕉以外，恐怕无过于梧桐了。芭蕉叶形状虽大，数目不多，那丁香结要过好几天才展开一张叶子来，全树的叶子寥寥可数。梧桐叶虽不及它大，可是数目繁多。那猪耳朵一般的东西，重重叠叠地挂着，一直从低枝上挂到树顶。窗前摆了几枝梧桐，我觉得绿意实在太多了。古人说"芭蕉分绿上窗纱"，眼光未免太低，只是阶前窗下的所见而已。若登楼眺望，芭蕉便落在眼底，应见"梧桐分绿上窗纱"了。

　　一个月以来，我又眼看见梧桐叶落的光景。样子真凄惨呢！最初绿色黑暗起来，变成墨绿；后来又由墨绿转成焦黄；北风一起，它们大惊小怪地闹将起来，大大的黄叶便开始辞枝——起初突然地落脱一两张来，后来成群地飞下一大批来，好像谁从高楼上丢下来的东西。枝头渐渐地虚空了，露出树后面的房屋来，终于只剩几根枝条，回复了春初的面目。这几天它们空手站在我的窗前，好像曾经娶妻生子而家破人亡了的光棍，样子怪可怜的！我想起了古人的诗："高高山头树，风吹叶落去。一去数千里，何当还故处？"现在倘要搜集它们的一切落叶来，使它们一齐变绿，重还故枝，回复夏日的光景，即使仗了世间一切支配者的势力，尽了世间一切机械的效能，也是不可能的事了！回黄转绿世间多，但象征悲哀的莫如落叶，尤其是梧桐的落叶。落花也曾令人悲哀。但花的寿命短促，犹如婴儿初生即死，我们虽也怜惜它，但因对它关系未久，回忆不多，因之悲哀也不深。叶的寿命比花长得多，尤其是梧桐的叶，自初生至落尽，占有大半年之久，况且这般繁茂，这般盛大！眼前高厚浓重的几堆大绿，一朝化为乌有！"无常"的象征，莫大于此了！

但它们的主人，恐怕没有感到这种悲哀。因为他们虽然种植了它们，所有了它们，但都没有看见上述的种种光景。他们只是坐在窗下瞧瞧它们的根干，站在阶前仰望它们的枝叶，为它们扫扫落叶而已，何从看见它们的容貌呢？何从感到它们的象征呢？可知自然是不能被占有的。可知艺术也是不能被占有的。

廿四（1935）年十一月廿八日夜作

渐①

使人生圆滑进行的微妙的要素，莫如"渐"；造物主骗人的手段，也莫如"渐"。在不知不觉之中，天真烂漫的孩子"渐渐"变成野心勃勃的青年；慷慨豪侠的青年"渐渐"变成冷酷的成人；血气旺盛的成人"渐渐"变成顽固的老头子。因为其变更是渐进的，一年一年地、一月一月地、一日一日地、一时一时地、一分一分地、一秒一秒地渐进，犹如从斜度极缓的长远的山坡上走下来，使人不察其递降的痕迹，不见其各阶段的境界，而似乎觉得常在同样的地位，恒久不变，又无时不有生的意趣与价值，于是人生就被确实肯定，而圆滑进行了。假使人生的进行不像山陂而像风琴的键板，由do忽然移到re，即如昨夜的孩子今朝忽然变成青年；或者像旋律的"接离进行"地由do忽然跳到mi，即如朝为青年而夕暮忽成老人，人一定要惊讶、感慨、悲伤，或痛感人生的无常，而不乐为人了。

---

① 本篇曾载1928年6月《一般》杂志第5卷第2号，署名：婴行。新中国成立后作者收入自编的《缘缘堂随笔》（人民文学出版社1957年11月初版）时，文末略有改动。——编者注

故可知人生是由"渐"维持的。这在女人恐怕尤为必要：歌剧中，舞台上的如花的少女，就是将来火炉旁边的老婆子。这句话，骤听使人不能相信，少女也不肯承认，实则现在的老婆子都是由如花的少女"渐渐"变成的。

人之能堪受境遇的变衰，也全靠这"渐"的助力。巨富的纨绔子弟因屡次破产而"渐渐"荡尽其家产，变为贫者；贫者只得做佣工，佣工往往变为奴隶，奴隶容易变为无赖，无赖与乞丐相去甚近，乞丐不妨做偷儿……这样的例，在小说中，在实际上，均多得很。因为其变衰是延长为十年二十年而一步一步地"渐渐"地达到的，在本人不感到甚么强烈的刺激。故虽到了饥寒病苦刑笞交迫的地步，仍是熙熙然贪恋着目前的生的欢喜。假如一位千金之子忽然变了乞丐或偷儿，这人一定愤不欲生了。

这真是大自然的神秘的原则，造物主的微妙的工夫！阴阳潜移，春秋代序，以及物类的衰荣生杀，无不暗合于这法则。由萌芽的春"渐渐"变成绿荫的夏，由凋零的秋"渐渐"变成枯寂的冬。我们虽已经历数十寒暑，但在围炉拥衾的冬夜仍是难于想像饮冰挥扇的夏日的心情；反之亦然。然而由冬一天一天地、一时一时地、一分一分地、一秒一秒地移向夏，由夏一天一天地、一时一时地、一分一分地、一秒一秒地移向冬，其间实在没有显著的痕迹可寻。昼夜也是如此：傍晚坐在窗下看书，书页上"渐渐"地黑起来，倘不断地看下去（目力能因了光的渐弱而渐渐加强），几乎永远可以认识书页上的字迹，即不觉昼之已变为夜。黎明凭窗，不瞬目地注视东天，也不辨自夜向昼的推移的痕迹。儿女渐渐长大起来，在朝夕相见的父母全不觉得，难得见面的远亲就相见不相识了。往年除夕，我们曾在红蜡烛底下守候水仙花的开放，真是痴态！倘水仙花果真当面开放给我们看，便是大自然的原则的破坏，宇宙的根本的摇动，世界人类的末日临到了！

"渐"的作用，就是用每步相差极微极缓的方法来隐蔽时间的过去与事物的变迁的痕迹，使人误认其为恒久不变。这真是造物主骗人的一大诡计！这有一件比喻的故事：某农夫每天朝晨抱了犊而跳过一沟，到田里去工作，夕暮又抱了它跳过沟回家。每日如此，未尝间断。过了一年，犊已渐大，渐重，差不多变成大牛，但农夫全不觉得，仍是抱了它跳沟。有一天他因事停止工作，次日再就不能抱了这牛而跳沟了。造物的骗人，使人流连于其每日每时的生的欢喜而不觉其变迁与辛苦，就是用这个方法的。人们每日在抱了日重一日的牛而跳沟，不准停止。自己误以为是不变的，其实每日在增加其苦劳！

我觉得时辰钟是人生的最好的象征了。时辰钟的针，平常一看总觉得是"不动"的；其实人造物中最常动的无过于时辰钟的针了。日常生活中的人生也如此，刻刻觉得我是我，似乎这"我"永远不变，实则与时辰钟的针一样的无常！一息尚存，总觉得我仍是我，我没有变，还是流连着我的生，可怜受尽"渐"的欺骗！

"渐"的本质是"时间"。时间我觉得比空间更为不可思议，犹之时间艺术的音乐比空间艺术的绘画更为神秘。因为空间姑且不追究它如何广大或无限，我们总可以把握其一端，认定其一点。时间则全然无从把握，不可挽留，只有过去与未来在渺茫之中不绝地相追逐而已。性质上既已渺茫不可思议，分量上在人生也似乎太多。因为一般人对于时间的悟性，似乎只够支配搭船乘车的短时间；对于百年的长期间的寿命，他们不能胜任，往往迷于局部而不能顾及全体。试看乘火车的旅客中，常有明达的人，有的宁牺牲暂时的安乐而让其坐位于老弱者，以求心的太平（或博暂时的美誉）；有的见众人争先下车，而退在后面，或高呼："勿要轧，总有得下去的！""大家都要下去的！"然而在乘"社会"或"世界"的大火车的"人生"的长期的旅客中，就少有这样的明达之人。所以我觉得百年的寿命，定得太长。像现在的世界上的人，倘定他们搭船乘车的期间的寿命，也许在人类社会上可减少许多凶险残惨的争斗，而与火车中一样的谦让，和平，也未可知。

然人类中也有几个能胜任百年的或千古的寿命的人。那是"大人格"，"大人生"。他们能不为"渐"所迷，不为造物所欺，而收缩无限的时间并空间于方寸的心中。故佛家能纳须弥于芥子。中国古诗人（白居易）说："蜗牛角上争何事？石火光中寄此身。"英国诗人（Blake[1]）也说："一粒沙里见世界，一朵花里见天国；手掌里盛住无限，一刹那便是永劫。"

一九二八年芒种[2]

---

① 即布莱克（1757—1827）。——编者注

② 本文篇末原未署日期。这里所署的日期是发表在《一般》杂志时篇末所署。作者在新中国成立后自编的《缘缘堂随笔》（人民文学出版社1957年11月初版）中，篇末误署为：1925年作。——编者注

生 机

去年除夜买的一球水仙花,养了两个多月,直到今天方才开花。

今春天气酷寒,别的花木萌芽都迟,我的水仙尤迟。因为它到我家来,遭了好几次灾难,生机被阻抑了。

第一次遭的旱灾,其情形是这样:它于去年除夕到我家,当时因为我的别寓里没有水仙花盆,我特为跑到瓷器店去买一只纯白的瓷盘来供养它。这瓷盘很大,很重,原来不是水仙花盆。据瓷器店里的老头子说,它是光绪年间的东西,是官场中请客时用以盛某种特别肴馔的家伙。只因后来没有人用得着它,至今没有卖脱。我觉得普通所谓水仙花盆,长方形的,扇形的,在过去的中国画里都看厌了,而且形式都不及这家伙好看。就假定这家伙是为我特制的水仙花盆,买了它来,给我的水仙花配合,形状色彩都很调和。看它们在寒窗下绿白相映,素艳可喜,谁相信这是官场中盛酒肉的东西?可是它们结合不到一个月,就要别离。为的是我要到石门湾去过阴历年,预期在缘缘堂住一个多月,希望把这水仙花带回去,看它开好才好。如何带法?颇费踌躇:叫工人阿毛拿了这盆水仙花乘火车，恐怕有人说阿毛提倡风雅；把它装进皮箱里，又不可能。于是阿毛提议："盘儿不要它，水仙花拔起来装在饼干箱里，携了上车，到家不过三四个钟头，不会旱杀的。"我通过了。水仙就与盘暂别，坐在饼干箱里旅行。回到家里，大家纷忙得很，我也忘记了水仙花。三天之后，阿毛突然说起，我猛然觉悟，找寻它的下落，原来被人当作饼干，搁在石灰甏上。连忙取出一看，绿叶憔悴，根须焦黄。阿毛说"勿碍"，立刻把它供养在家里旧有的水仙花盆中，又放些白糖在水里。幸而果然勿碍，过了几天它又欣欣向荣了。是为第一次遭的旱灾。

第二次遭的是水灾，其情形是这样：家里的水仙花盆中，原有许多色泽很美丽的雨花台石子。有一天早晨，被孩子们发见了，水仙花就遭殃：他们说石子里统是灰尘，埋怨阿毛不先将石子洗净，就代替他做这番工作。他们把水仙花拔起，暂时养在脸盆里，把石子倒在另一脸盆里，掇到墙角的太阳光中，给它们一一洗刷。雨花台石子浸着水，映着太阳光，光泽，色彩，花纹，都很美丽。有几颗可以使人想像起"通灵宝玉"来。看的人越聚越多，孩子们尤多，女孩子最热心。她们把石子照形状分类，照色彩分类，照花纹分类；然后品评其好坏，给每块石子打起分数来；最后又利用其形色，用许多石子拼起图案来。图案拼好，她们自去吃年糕了！年糕吃好，她们又去踢毽子了；毽子踢好，她们又去散步了。直到晚上，阿毛在墙角发见了石子的图案，叫道："咦，水仙花哪里去了？"东寻西找，发现它横卧在花台边上的脸盆中，浑身浸在水里。自晨至晚，浸了十来小时，绿叶已浸得发肿，发黑了！阿毛说"勿碍"，再叫小石子给它扶持，坐在水仙花盆中。是为第二次遭的水灾。

第三次遭的是冻灾，其情形是这样的：水仙花在缘缘堂里住了一个多月。其间春寒太甚，患难迭起。其生机被这些天灾人祸所阻抑，始终不能开花。直到我要离开缘缘堂的前一天，它还是含苞未放。我此去预定暮春回来，不见它开花又不甘心，以问阿毛。阿毛说："用绳子穿好，提了去！这回不致忘记了。"我赞成。于是水仙花倒悬在阿毛的手里旅行了。它到了我的寓中，仍旧坐在原配的盆里。雨水过了，不开花。惊蛰过了，又不开花。阿毛说"不晒太阳的原故"，就掇到阳台上，请它晒太阳。今年春寒殊甚，阳台上虽有太阳光，同时也有料峭的东风，使人立脚不住。所以人都闭居在室内，从不走到阳台上去看水仙花。房间内少了一盆水仙花也没有人查问。直到次日清晨，阿毛叫了："啊哟！昨晚水仙花没有拿进来，冻杀了！"一看，盆内的水连底冻，敲也敲不开；水仙花里面的水分也冻，其鳞茎冻得像一块白石头，其叶子冻得像许多翡翠条。赶快拿进来。放在火炉边，久之久之，盆里的水溶了，花里的水也溶了，但是叶子很软，一条一条弯下来，叶尖儿垂在水面。阿毛说"乌者"，我觉得的确有些儿"乌"，但是看它的花蕊还是笔挺地立着，想来生机没有完全丧尽，还有希望。以问阿毛，阿毛摇头，随后说："索性拿到灶间里去，暖些，我也可以常常顾到。"我赞成。垂死的水仙花就被从房中移到灶间。是为第三次遭的冻灾。

谁说水仙花清？它也像普通人一样，需要烟火气的。自从移入灶间之后，叶子渐渐抬起头来，花苞渐渐展开。今天花儿开得很好了！阿毛送它回来，我见了心中大快。此大快非仅为水仙花。人间的事，只要生机不灭，即使重遭天灾人祸，暂被阻抑，终有抬头的日子。个人的事如此，家庭的事如此，国家、民族的事也如此。

1936年3月

月的大小

"啊，今晚的月亮好大！"

"你看这月亮有多么大？"

"我看有饭碗大。"

"不止，我看有三号钵头大。"

"哪里？我看有脸盆大呢。"

"咦！人的眼睛怎么会这样不同？"

"听说看见月亮大的胆子大，看见月亮小的胆子小……"

楼窗下的弄里有一班人在那里看月亮，谈话。夜静更深，一句一字都清晰地送进楼窗来。这样的话我在月夜不知听到过多少次数了。但每次听到的时候，心中总是疑怪：月亮的大小，他们怎么会说得定？据我看，可大可小，没有一定。记得有一次月夜有人问我："你看见月亮怎样大？"我把月亮同近处的树叶子比量一下，回答说："像铜板大。"大家都笑了，说道："那是一颗星了！不信你看见的月亮这样小的！胡闹！"我其实并非胡闹，但也不分说了。后来又有一次被问，我想这会说得大些吧，便把月亮同远处的房屋的窗子一比较，回答说："我看同七石缸大。"人家又笑煞，说道："这么大的月亮不要吓死了人？"也有人嘲笑我说："他是画家，画家的眼睛是特别的！"我心中叫冤，但是也无法辩白。

这个问题一直在我心中为悬案，我相信他们不会乱说，但我其实也不是胡闹，更不是要扮画家，其中必有一个道理。一向没有闲工夫去推究，这一晚更深人静，又有对象摆在眼前，我便决意考察它一个究竟。

我把手臂伸直，闭住一目，就用手里的香烟嘴去测量月亮，看见香烟嘴正好遮住月亮。这样看来，月亮不过像一颗围棋子大小。因为香烟嘴之阔大约等于围棋子的直径。我又从离我一二丈远的柳树梢上窥测月亮，看见一瓣柳叶正好撑住了月亮的圆周。这样看来，月亮有一块洋钱般大小（因为一张柳叶之长，大约等于洋钱的直径。以下同理）。我又用离我四五丈远的围墙上的瓦片来同月亮比较，看见瓦片的一边之长恰等于月亮的直径，这样看来，月亮有饭碗大小。我又用离我十来丈远的烟囱来同月亮比较，看见烟囱恰好装在月亮里。这样看来，月亮有脸盆来大小。我又用离我数十丈远的人家的楼窗来同月亮比较，看见楼窗之长也等于月亮的直径。这样看来，月亮就有七石缸一般大了。我想，假如很远的地方有一个宝塔，宝塔一定可以纳入在月亮里，使月亮的直径与宝塔同长。又假如，这里是一片海，海上生明月的时候，远处的兵舰也可全部纳入在月亮里，那时的月亮就比兵舰更大了。

于是我想：世人看物的大小有两种看法。第一种是绝对的大小，第二种是比较的大小。绝对的大小就是实际的尺寸。例如"一川碎石大如斗"，便是说用尺去量起碎石来，都同斗大。又如说孙行者的金箍棒"碗来粗细"，便是说用尺去量起金箍棒来，直径等于碗的直径。比较的大小就是远近法的大小。譬如这条弄的彼端有一个母亲和一个孩子走来，假如孩子跑得快，比母亲上前了数丈，我们望去，便见母亲和孩子一样大；孩子若比母亲上前了十余丈，我们望去便见母亲反比孩子小了。即距离的远近与物的大小成反比例。古人诗云"秋景墙头数点山"，又云"窗含西岭千秋雪"。讲到实物，山比墙和窗大得不可言；但山距离远了，竟小得可以摆在墙头，甚至含入窗中。可知这两种看法，前者是固定的，后者则因距离而变化，没有一定。

看月亮，当然用第二种看法。因为月亮距人很远，虽然天文学者曾经测得它的直径是3400km［即kilometer（千米）］，但我们不能拿下月亮，用尺来量量看。况且我们这班看月亮的人，都没听到天文学者的报告，即使听到也未必相信。故月亮是一种可望而不可即的悬空的形象，不比碎石或金箍棒的可以测量实际的尺寸。故说"一川碎石大如斗"，"金箍棒碗来粗细"，都行；但说"月亮像脸盆大"，意义很不明了，须得指定脸盆对你的距离才行。因为脸盆离你近了，形象会大起来；离你远了，形象会小起来，仅说脸盆大岂可作为尺度？故用东西来比方月亮的大小，其意思应该是：月亮像离我二三尺远的围棋子大，或离我一二丈远的洋钱大，或离我四五丈远的饭碗大，或离我十来丈远的脸盆大，或离我数十丈远的七石缸大，或离我数里以上的宝塔或兵舰大。充其极端，把距离推广到39万千米的时候，月亮正是一片直径3400千米的圆形，即月亮同实际的月亮大。反之，若拿一根火柴贴近在瞳孔前窥测，则火柴可以遮住月亮，即月亮只有菜籽般大小。可知月亮的大小，全是与各种距离的实物比较而言，并无一定。这可证明我的话不是胡闹，更不是要装作画家。

但他们的看法毕竟也是不错的。不过没有说出东西对自己的距离，所以使我疑怪。古诗人描写月亮，说像"白玉盘"，像"宝镜"。坊间所编印的小学国语教科书里说，"像个球，像个盘"。可知人们对于月亮的大小，所见略同。即大约像饭碗，钵头，球镜，盘，脸盆等一类东西的大小。换言之，人们都是拿距离自己数丈乃至十数丈的东西来比较月亮的大小的。数丈乃至十数丈，是绘画的观察上最普通的距离。风景中最主要的前景，大都是这距离中的景物。可知人们对月，都能自然地应用绘画的观察法。

1933年新秋，于石湾，为《中学生》作

故 乡

在古人的诗词中，可以看见"归"，"乡"，"家"，"故乡"，"故园"，"作客"，"羁旅"等字屡屡出现，因此可以推想古人对于故乡是何等地亲爱，渴望，而对于离乡作客是何等地嫌恶的。其例不胜枚举。普通的如：

举头望明月，低头思故乡。（李白）

白日放歌须纵酒，青春作伴好还乡。（杜甫）

共看明月应垂泪，一夜乡心五处同。（白居易）

故园东望路漫漫，双袖龙钟泪不干。（岑参）

不知何处吹芦管，一夜征人尽望乡。（李益）

等是有家归未得，杜鹃休向耳边啼。（张泌）

想得故园今夜月，几人相忆在江楼。（杜荀鹤）

故园此去千余里，春梦犹能夜夜归。（顾况）

万里悲秋常作客。（杜甫）

忽闻歌古调，归思欲沾襟。（杜审言）

老至居人下，春归在客先。（刘长卿）

羁旅长堪醉，相留畏晓钟。（戴叔伦）

随便拿本《唐诗三百首》来翻翻，已经翻出了一打的实例了。以前我曾经说过，古人的诗词集子，几乎没有一页中没有"花"字，"月"字，"酒"字。现在又觉得"乡"字之多也不亚于上三者。由此推想，古人所大欲的大概就是"花"，"月"，"酒"，"乡"四事。一个人只要能一生涯坐在故乡的家里对花邀月饮酒，就得其所哉。

现代人就不同：即使也不乏喜欢对花邀月饮酒的人，但不一定要在故乡的家里。不但如此，他们在故乡的家里对花邀月饮酒反而不畅快，因为乡村大都破产了。他们必须离家到大都会里去，对人为的花，邀人造的月，饮舶来的洋酒，方才得其所哉。

所以花、月和酒大概可以长为人类所爱慕之物；而乡之一字恐不久将为人所忘却。即使不被忘却，其意义也得变更：失却了"故乡"的意义，而仅存"乡村破产"的"乡"字的意义。

这变迁，原是由于社会状态不同而来。在古昔的是农业时代，一家可以累代同居在故乡的本家里生活。但到了现今的工商业时代，人都离去了破产的乡村而到大都会里去找生活，就无暇纪念他们的故乡。他们的子孙生在这个大都会里，长大后又转到别个大都会里去找生活，就在别个大都会里住家。在他们就只有生活的地方，而无所谓故乡。"到处为家"，在古代是少数的游方僧、侠客之类的事，在现代却变成了都会里的职工的行为，故前面所举的那种诗句，现在已渐渐失却其鉴赏的价值了。现在都会里的人举头望见明月，低头所思的或恐是亭子间里的小家庭。而青春作伴，现代人看来最好是离乡到都会去。至于因怀乡而垂泪，沾襟，双袖不干，或是春梦夜夜归乡，更是现代的都会之客所梦想不到的事了。艺术与生活的关系，于此可见一斑。农业时代的生活不可复现。然而大家离乡背井，拥挤到都会里去，又岂是合理的生活？

廿四（1935）年三月十日于石门湾

初冬浴日漫感

离开故居一两个月，一旦归来，坐到南窗下的书桌旁时第一感到异样的，是小半书桌的太阳光。原来夏已去，秋正尽，初冬方到。窗外的太阳已随分南倾了。

把椅子靠在窗缘上，背着窗坐了看书，太阳光笼罩了我的上半身。它非但不像一两月前地使我讨厌，反使我觉得暖烘烘地快适。这一切生命之母的太阳似乎正在把一种祛病延年，起死回生的乳汁，通过了他的光线而流注到我的体中来。

我掩卷冥想：我吃惊于自己的感觉，为甚么忽然这样变了？前日之所恶变成了今日之所欢；前日之所弃变成了今日之所求；前日之仇变成了今日之恩。张眼望见了弃置在高阁上的扇子，又吃一惊。前日之所欢变成了今日之所恶；前日之所求变成了今日之所弃；前日之恩变成了今日之仇。

忽又自笑："夏日可畏，冬日可爱"，以及"团扇弃捐"，乃古之名言，夫人皆知，又何足吃惊？于是我的理智屈服了。但是我的感觉仍不屈服，觉得当此炎凉递变的交代期上，自有一种异样的感觉，足以使我吃惊。这仿佛是太阳已经落山而天还没有全黑的傍晚时光：我们还可以感到昼，同时已可以感到夜。又好比一脚已跨上船面一脚尚在岸上的登舟时光：我们还可以感到陆，同时已可以感到水。我们在夜里固皆知道有昼，在船上固皆知道有陆，但只是"知道"而已，不是"实感"。我久被初冬的日光笼罩在南窗下，身上发出汗来，渐渐润湿了衬衣。当此之时，浴日的"实感"与挥扇的"实感"在我身中混成一气，这不是可吃惊的经验么？

于是我索性抛书，躺在墙角的藤椅里，用了这种混成的实感而环视室中，觉得有许多东西大变了相。有的东西变好了：像这个房间，在夏天常嫌其太小，洞开了一切窗门，还不够，几乎想拆去墙壁才好。但现在忽然大起来，大得很！不久将要用屏帏把它隔小来了。又如案上这把热水壶，以前曾被茶缸驱逐到碗橱的角里，现在又像纪念碑似的矗立在眼前了。棉被从前在伏日里晒的时候，大家讨嫌它既笨且厚；现在铺在床里，忽然使人悦目，样子也薄起来了。沙发椅子曾经想卖掉，现在幸而没有人买去，从前曾经想替黑猫脱下皮袍子，现在却羡慕它了。反之，有的东西变坏了：像风，从前人遇到了它都称"快哉！"，欢迎它进来。现在渐渐拒绝它，不久要像防贼一样严防它入室了。又如竹榻，以前曾为众人所宝，极一时之荣。现在已无人问津，形容枯槁，毫无生气了。壁上一张汽水广告画，角上画着一大瓶汽水，和一只泛溢着白泡沫的玻璃杯，下面画着海水浴图。以前望见汽水图口角生津，看了海水浴图恨不得自己做了画中人，现在这幅画几乎使人打寒噤了。

裸体的洋囝囡趺坐在窗口的小书架上，以前觉得它太写意，现在看它可怜起来。希腊古代名雕的石膏模型Venus^①立像，把裙子褪在大腿边，高高地独立在凌空的花盆架上，我在夏天看见她的脸孔是带笑的，这几天望去忽觉其容有戚，好像在悲叹她自己失却了两只手臂，无法拉起裙子来御寒。

其实，物何尝变相？是我自己的感觉变叛了。感觉何以能变叛？是自然教它的。自然的命令何其严重：夏天不由你不爱风，冬天不由你不爱日。自然的命令又何其滑稽：在夏天定要你赞颂冬天所诅咒的，在冬天定要你诅咒夏天所赞颂的！

人生也有冬夏。童年如夏，成年如冬；或少壮如夏，老大如冬。在人生的冬夏，自然也常教人的感觉变叛，其命令也有这般严重，又这般滑稽。

1935年10月于石门湾

---

① 维纳斯（罗马神话中爱与美的女神）。

36

读 书

　　《中学生杂志》社出了一个关于"书"的题目来，命我写一篇随笔。倘要随我的笔写出，我新近到杭州去医眼疾，独游西湖，看了西湖上的字略有所感，让我先写些关于字的话罢。

　　以前到杭州，必伴着一群人，跟着众人的趋向而游西湖。走马看花地巡行，于各处皆不曾久留。这回独自来游，毫无牵累。又是为求医而来，闲玩似属天经地义，不妨于各处从容淹留。我每在一个寻常惯到的地方泡一碗茶，闲坐，闲行，闲看，闲想，便可勾留半日之久。

　　听了医生的话，身边不带一册书。但不幸而识字，望见眼前有文字的地方，会不期地睁着病眼去辨识。甚至于苦苦地寻认字迹，探索意味。我这回才注意到：西湖上发表着的文字非常之多，皇帝的御笔，名人士夫的联额，或勒石，或刻木冠，冠冕堂皇地，金碧辉煌地，装点在到处的寺院台榭中。这些都是所谓名笔，将与湖山同朽，千古留名的。但寺院台榭内的墙壁上，栋柱上，甚至门窗上，还拥挤着无数游客的题字，也是想留名于湖山的。其文字大意不过是"某年某月某日某人到此"而已，但表现之法各人不同：有的用炭条写，有的用铅笔写，有的带了（或许是借了）毛笔去写，又有的深恐风雨侵蚀他的芳名，特用油漆涂写。或者不是油漆，是画家的油画颜料。画家随身带着永不褪色的法国罗佛郎制的油画颜料，要在这里留名千古，是很容易的。写的形式，又各人不同：有的字特别大，有的笔画特别粗，皆足以牵惹人目。有的在别人直书的上面故用横行、斜行的文字，更为显著而立异。又有的引用英文、世界语，使在满壁的汉字中别开生面。我每到一处地方，不论碑上的、额上的、壁上的、柱上的，凡是文字，都喜观玩。但有的地方实在汗牛充栋，尽半日淹留之长，到底不能一一读遍所有各家的大作。我想，倘要尽读全西湖上发表着的所有的文字，恐非有积年累月的闲工夫不可。

我这回仅在惯到的几处闲玩二三日。但所看到的文字已经不少。推想别处，也不过是同样性质的东西增加分量罢了。每当目瞑意倦的时候，便回想关于所见和所感。勒石的御笔和金碧的名人手迹中，佳作固然有，但劣品亦处处皆是。它们全靠占着优胜的地位，施着华美的装潢，故能掩丑于无知者之前。若赤裸裸地品起美术的价值来，不及格的恐怕很多。壁上的炭条文字中，涂鸦固然多，但真率自然之笔亦复不少。有的似出于天真烂漫的儿童之手，有的似出于略识之无的工人之手。然而一种真率简劲的美，为金碧辉煌的作品中所不能见。可惜埋没在到处的暗壁角里，不易受世人的赏识，长使笔者为西湖上无名的作家耳。假如湖山的管领者肯选拔这些文字来，勒在石上，刻在木上，其美术的价值当比御笔的石碑高贵得多呢。

我的感想已经写完，但终于没有写到本题。倘读书与看字有共通的情形，就让读者"闻一以知二"罢，不然，我这篇随笔文不对题，让编辑先生丢在字纸笼里罢。

1933年9月

吃瓜子

　　从前听人说，中国人人人具有三种博士的资格：拿筷子博士、吹煤头纸博士、吃瓜子博士。

　　拿筷子，吹煤头纸，吃瓜子，的确是中国人独得的技术。其纯熟深造，想起了可以使人吃惊。这里精通拿筷子法的人，有了一双筷，可抵刀锯叉瓢一切器具之用，爬罗剔抉，无所不精。这两根毛竹仿佛是身体上的一部分，手指的延长，或者一对取食的触手。用时好像变戏法者的一种演技，熟能生巧，巧极通神。不必说西洋了，就是我们自己看了，也可惊叹。至于精通吹煤头纸法的人，首推几位一天到晚捧水烟筒的老先生和老太太。他们的"要有火"比上帝还容易，只消向煤头纸上轻轻一吹，火便来了。他们不必出数元乃至数十元的代价去买打火机，只要有一张纸，便可临时在膝上卷起煤头纸来，向铜火炉盖的小孔内一插，拔出来一吹，火便来了。我小时候看见我们染坊店里的管账先生，有种种吹煤头纸的特技。我把煤头纸高举在他的额旁边了，他会把下唇伸出来，使风向上吹；我把煤头纸放在他的胸前了，他会把上唇伸出来，使风向下吹；我把煤头纸放在他的耳旁了，他会把嘴歪转来，使风向左右吹；

我用手按住了他的嘴，他会用鼻孔吹，都是吹一两下就着火的。中国人对于吹煤头纸技术造诣之深，于此可以窥见。所可惜者，自从卷烟和火柴输入中国而盛行之后，水烟这种"国烟"竟被冷落，吹煤头纸这种"国技"也很不发达了。生长在都会里的小孩子，有的竟不会吹，或者连煤头纸这东西也不曾见过。在努力保存国粹的人看来，这也是一种可虑的现象。近来国内有不少人努力于国粹保存。国医、国药、国术、国乐，都有人在那里提倡。也许水烟和煤头纸这种国粹，将来也有人起来提倡，使之复兴。

但我以为这三种技术中最进步最发达的，要算吃瓜子。近来瓜子大王的畅销，便是其老大的证据。据关心此事的人说，瓜子大王一类的装纸袋的瓜子，最近市上流行的有许多牌子。最初是某大药房"用科学方法创制"的，后来有甚么好吃来公司、顶好吃公司等种种出品陆续产出。到现在差不多无论那个穷乡僻处的糖食摊上，都有纸袋装的瓜子陈列而倾销着了。现代中国人的精通吃瓜术，由此盖可想见。我对于此道，一向非常短拙，说出来有伤于中国人的体面，但对自家人不妨谈谈。我从来不曾自动地找求或买瓜子来吃。但到人家作客，受人劝诱时；或者在酒席上、杭州的茶楼上，看见桌上现成放着瓜子盆时，也便拿起来咬。我必须注意选择，选那较大、较厚，而形状平整的瓜子，放进口里，用白齿"格"地一咬，再吐出来，用手指去剥。幸而咬得恰好，两瓣瓜子壳各向两旁扩张而破裂，瓜仁没有咬碎，剥起来就较为省力。若用力不得其法，两瓣瓜子壳和瓜仁叠在一起而折断了，吐出来的时候我就担忧。那瓜子已纵断为两半，两半瓣的瓜仁紧紧地装塞在两半瓣的瓜子壳中，好像日本版的洋装书，套在很紧的厚纸函中，不容易取它出来。这种洋装书的取出法，现在都已从日本人那里学得，不要把指头塞进厚纸函中去力掘，只要使函口向下，两手扶着函，上下振动数次，洋装书自会脱壳而出。然而半瓣瓜子的形状太小了，不能应用这个方法，我只得用指甲细细地剥取。有时因为练习弹琴，两手的指甲都剪平，和尚头一般的手指对它简直毫无办法。我只得乘人不见把它抛弃了。在痛感困难的时候，我本拟不再吃瓜子了。但抛弃了之后，觉得口中有一种非甜非咸的香味，会引逗我再吃。我便不由得伸起手来，另选一粒，再送交臼齿去咬。不幸而这瓜子太燥，我的用力又太猛，"格"地一响，玉石不分，咬成了无数的碎块，事体就更糟了。我只得把粘着唾液的碎块尽行吐出在手心里，用心挑选，剔去壳的碎块，然后用舌尖舐食瓜仁的碎块。然而这挑选颇不容易，因为壳的碎块的一面也是白色的，与瓜仁无异，我误认为全是瓜仁而舐进口中去嚼，其味虽非嚼蜡，却等于嚼砂。壳的碎片紧紧地嵌进牙齿缝里，找不到牙签就无法取出。碰到这种钉子的时候，我就下个决心，从此戒绝瓜子。戒绝之法，大抵是喝一口茶来漱一漱口，点起一支香烟，或者把瓜子盆推开些，把身体换个方向坐了，以示不再对它发生关系。然而过了几分钟，与别人谈了几句话，不知不觉之间，会跟了别人而伸手向盆中摸瓜子来咬。等到自己觉察破戒的时候，往往是已经咬过好几粒了。这样，吃了非戒不可，戒了非吃不可；吃而复戒，戒而复吃，我为它受尽苦痛。这使我现在想起了瓜子觉得害怕。

但我看别人，精通此技的很多。我以为中国人的三种博士才能中，咬瓜子的才能最可叹佩。常见闲散的少爷们，一只手指间夹着一支香烟，一只手握着一把瓜子，且吸且咬，且咬且吃，且吃且谈，且谈且笑。从容自由，真是"交关写意"！他们不须拣选瓜子，也不须用手指去剥。一粒瓜子塞进了口里，只消"格"地一咬，"呸"地一吐，早已把所有的壳吐出，而在那里嚼食瓜子的肉了。那嘴巴真像一具精巧灵敏的机器，不绝地塞进瓜子去，不绝地"格"，"呸"，"格"，"呸"……全不费力，可以永无罢休。女人们、小姐们的咬瓜子，态度尤加来得美妙；她们用兰花似的手指摘住瓜子的圆端，把瓜子垂直地塞在门牙中间，而用门牙去咬它的尖端。"的、的"两响，两瓣壳的尖头便向左右绽裂。然后那手敏捷地转个方向，同时头也帮着了微微地一侧，使瓜子水平地放在门牙口，用上下两门牙把两瓣壳分别拨开，咬住了瓜子肉的尖端而抽它出来吃。这吃法不但"的、的"的声音清脆可听，那手和头的转侧的姿势窈窕得很，有些儿妖媚动人。连丢去的瓜子壳也模样姣好，有如朵朵兰花。由此看来，咬瓜子是中国少爷们的专长，而尤其是中国小姐、太太们的拿手戏。

在酒席上、茶楼上，我看见过无数咬瓜子的圣手。近来瓜子大王畅销，我国的小孩子们也都学会了咬瓜子的绝技。我的技术，在国内不如小孩子们远甚，只能在外国人面前占胜。记得从前我在赴横滨的轮船中，与一个日本人同舱。偶检行箧，发见亲友所赠的一罐瓜子。旅途寂寥，我就打开来和日本人共吃。这是他平生没有吃过的东西，他觉得非常珍奇，在这时候，我便老实不客气地装出内行的模样，把吃法教导他，并且示范地吃给他看。托祖国的福，这示范没有失败。但看那日本人的练习，真是可怜得很！他如法将瓜子塞进口中，"格"地一咬，然而咬时不得其法，将唾液把瓜子的外壳全部浸湿，拿在手里剥的时候，滑来滑去，无从下手，终于滑落在地上，无处寻找了。他空咽一口唾液，再选一粒来咬。这回他剥时非常小心，把咬碎了的瓜子陈列在舱中的食桌上，俯伏了头，细细地剥，好像修理钟表的样子。约莫一二分钟之后，好容易剥得了些瓜仁的碎片，郑重地塞进口里去吃。我问他滋味如何，他点点头连称umai，umai！（好吃，好吃！）我不禁笑了出来。我看他那阔大的嘴里放进一些瓜仁的碎屑，犹如沧海中投以一粟，亏他辨出umai的滋味来。但我的笑不仅为这点滑稽，本由于骄矜自夸的心理。我想，这毕竟是中国人独得的技术，像我这样对于此道最拙劣的人，也能在外国人面前占胜，何况国内无数精通此道的少爷、小姐们呢？

发明吃瓜子的人，真是一个了不起的天才！这是一种最有效的"消闲"法。要"消磨岁月"，除了抽鸦片以外，没有比吃瓜子更好的方法了。其所以最有效者，为了它具备三个条件：一、吃不厌；二、吃不饱；三、要剥壳。

俗语形容瓜子吃不厌，叫做"勿完勿歇"。为了它有一种非甜非咸的香味，能引逗人不断地要吃。想再吃一粒不吃了，但是嚼完吞下之后，口中余香不绝，不由你不再伸手向盆中或纸包里去摸。我们吃东西，凡一味甜的，或一味咸的，往往易于吃厌。只有非甜非咸的，可以久吃不厌。瓜子的百吃不厌，便是为此。有一位老于应酬的朋友告诉我一段吃瓜子的趣话，说他已养成了见瓜子就吃的习惯。有一次同了朋友到戏馆里看戏，坐定之后，看见茶壶的旁边放着一包打开的瓜子，便随手向包里掏取几粒，一面咬着，一面看戏。咬完了再取，取了再咬。如是数次，发见邻席的不相识的观剧者也来掏取，方才想起了这包瓜子的所有权。低声问他的朋友："这包瓜子是你买来的么？"那朋友说"不"，他才知道刚才是擅吃了人家的东西，便向邻座的人道歉。邻座的人很漂亮，付之一笑，索性正式地把瓜子请客了。由此可知瓜子这样东西，对中国人有非常的吸引力，不管三七二十一，见了瓜子就吃。

俗语形容瓜子吃不饱，叫做"吃三日三夜，长个屎尖头"。因为这东西分量微小，无论如何也吃不饱，连吃三日三夜，也不过多排泄一粒屎尖头。为消闲计，这是很重要的一个条件。倘分量大了，一吃就饱，时间就无法消磨。这与赈饥的粮食目的完全相反。赈饥的粮食求其吃得饱，消闲的粮食求其吃不饱。最好只尝滋味而不吞物质。最好越吃越饿，像罗马亡国之前所流行的"吐剂"一样，则开筵大嚼，醉饱之后，咬一下瓜子可以再来开筵大嚼。一直把时间消磨下去。

要剥壳也是消闲食品的一个必要条件。倘没有壳，吃起来太便当，容易饱，时间就不能多多消磨了。一定要剥，而且剥的技术要有声有色，使它不像一种苦工，而像一种游戏，方才适合于有闲阶级的生活，可让他们愉快地把时间消磨下去。

具足以上三个利于消磨时间的条件的，在世间一切食物之中，想来想去，只有瓜子。所以我说发明吃瓜子的人是了不起的天才。而能尽量地享用瓜子的中国人，在消闲一道上，真是了不起的积极的实行家！试看糖食店、南货店里的瓜子的畅销，试看茶楼、酒店、家庭中满地的瓜子壳，便可想见中国人在"格、呸""的、的"的声音中消磨去的时间，每年统计起来为数一定可惊。将来此道发展起来，恐怕是全中国也可消灭在"格、呸""的、的"的声音中呢。

我本来见瓜子害怕，写到这里，觉得更加害怕了。

1934年4月20日

洋式门面

以前我旅行到一处小城市，在当地一个小旅馆里住了几天。那旅馆位在这城市中最热闹的大街上。我每天进进出出，后来看熟了这大街的相貌。我觉得江浙内地的小城市，相貌大致相似。无非是石库墙门，粉墙马头，石板路，环洞门，石桥，茅坑，以及各种应有的商店凑合而成。而且各种商店的相貌，也各地大致相似。米店老是这么样子，药店老是那么样子，酱园又刻板如此……有时我看到了一爿商店，会把甲地误认为乙地。我觉得漫游内地的城市，好比远看一群农夫。服装，相貌，和态度个个差不多。

然而这小城市的大街中，有一个特点，惹我注目：许多完全中国式的半旧的店屋中间，夹着一所簇新的三层楼洋房。这是一爿绸缎店，这时候正在那里"大减价"。电灯泡像汗珠一般地装满了它的洋式门面。写着赌咒一般的广告文句的五色旗帜插满它的洋式门面，使我每次走过，不得不仰起头来看看。我觉得这洋房的门面着实造得讲究。全体红砖头嵌白线，上两层都有装花铁栏杆的阳台，窗户都用环门，环门上都砌出花纹来。样式虽不摩登但颇有些西洋风，足以使我联想起路易时代的华丽的宫廷建筑来。我没有进去买绸缎，这洋房的内貌不得而知。但根据了这门面而推想，里面的建筑大约也很可观。这样陈旧的大城市里有了这样可观的一所三层楼洋房，好比鸡群中有了一只鹤，真是难得！但就城市的全体看，又好比一个农夫的头颈里加了一条绯色的花领带，怪不调和的！

后来，我离去这城市的前一日，一位朋友要我同到大街后面一所茶楼上去喝茶，他说这茶楼位在一个小高原上，房屋虽然平常，但因基地很高，凭在楼窗上可以眺望市外的野景，倒是很可息足的地方。我就跟他去。走过那三层楼洋房，转弯，过桥，便见高地上凌空站着一所茶楼。去处固然不坏，那楼窗内有许多闲煞了的"雅座"，似乎正在向我们招手。我们走进门，拾级而上，拣楼角靠窗口的座位坐下了。这里地位固然很高，坐在椅子上，可以望见市外的桑林，稻田，和市内许多房屋的屋顶。我望见其中有一所红色的屋，最高，矗立在诸屋顶之上。我知道这就是那三层楼洋房的绸缎店。

喝了好几开茶，烧了许多香烟，谈了许多话之后，我们疲倦起来，离开座位，沿楼窗走走。走到楼的那一角，靠在窗沿上眺望一下。我惊奇了：为的是望见那三层楼洋房的最高层的窗子开着，而窗子里面露出青天。几根电线横在这屋的背后，其一部分显出在窗子里。一只鸟飞翔在这屋的后面，我也看见它从窗子里面飞过。我不期地叫出：

"咦！绸缎店里面几时火烧了？"

我的朋友不解我的意思，但抬头四望，找求火烧的烟气。经我说明，他才一笑答道：

"他们的洋房是假的呀！这原来也是一所旧式房子。后来添造了一个洋式门面，和一个'假三层楼'。外面看看神气十足，其实里面都是破房子。而且这三层楼只有一堵壁，壁的后面是天空，那些窗都是装装样子的。你在街上走时被它欺骗了，瞻仰这三层楼，还以为里面有着洞房清宫。现在被你看破了，也算是它的不幸！哈哈！"

我听了恍然大悟。重新眺望。观察了一会，不禁大笑，又重有所感。我每见商店的报纸上，刻印着"本号开设某地某街，坐北朝南，洋式门面便是"等字样。这绸缎店真正只有一个"洋式门面"，其营业手段可谓极精明而最经济了！但我不得不为建筑艺术及人心深痛地惋惜：有人说，西洋文明一入中国便恶化。这个"假三层楼"可说是这句话的一个最极端的证例。有人说，"市容"是民心的象征。这个"假三层楼"具象地显示了当地人心的弱点！

中国式的建筑，西洋式的建筑，各有其实用的好处，各有其美术的价值。就实用说，中国式建筑宽舒而幽深，宜于游息。西洋式建筑精致而明爽，宜于工作。就形式（美术）说，中国式建筑构造公开，质料毕显，任人观览，毫无隐藏及虚饰。故富有"自然"之美。西洋式建筑形状精确，处处如几何形体，部署巧妙，处处适于住居心情，故富有"规则"的美。

物质文明用了不可抵抗之力而闯入远东，为了生存竞争，我们不得不接受。旧有的建设，有许多不得不改变，以求效果的增大。建筑，尤其是工商业的建筑，为了工作能率的增加，就自然地要求洋式化了。然而，前面已经说过，一切西洋文明一入中国便恶化，西洋建筑术入中国，也逃不了这定例。大都徒然模仿了洋房的皮毛，而放弃了中国房子所有的好处。墙壁一碰就裂，地板一踏就动，天花板一下雨就漏，"四不灵"①一用就不灵……而且坍损了难于修理，甚至不可收拾。记得往年有一次，我经过所谓"洋房"的建筑工场，看见工人们正在那里做水门汀柱子。我站着参观一下，但见他们拿着畚箕，把东西倒进几根细铁条围成的柱骨里去。细看倒进去的是什么东西，一半是小砖石，一半是垃圾——香蕉皮和花生壳都有！他们将要给这些细铁条，小砖石，香蕉皮和花生壳穿上一件方正平滑的水门汀衣裳，当作一根柱子。我想：将来房屋造好了，人们坐在这柱子旁，犹如坐在固封了的垃圾桶旁呢！又有一次，我住了一所有抽水马桶的三层楼洋房。正屋旁边有小附屋，上两层是抽水马桶间，下一层是灶间。抽水马桶的粗大的铁管，通过了灶间而入地，正靠在饭锅的旁边。据烧饭司务说，人静的时候，铁管中尿屎从三层楼落下，其音历历可闻。从此"洋房"给了我一个不好的印象。但这回看到了这个丑恶的"假三

---

① 今译弹簧锁。

层楼"，觉得前此之所见，还是可恕的了。

这种"洋房"所以恶化的原因，并非专为廉价，西洋的农村不是有着很合用而美观的cottage（村舍）吗？主要的原因，实由于要"装场面"。我们中国有许多造"洋房"的人，其目的非为求其适于住居及增加工作能率，实为好新立异，欲夸耀人目，以遂其招摇撞骗之愿。同时又不肯或不能多出些钱。于是建筑工程师就迎合这般人的心理，尽力偷工减料，创造那种专事皮毛模仿的"洋房"。他们的伎俩跟了时代而极度地发展进步，到今日居然产生了这个"假三层楼"的大杰作！——建筑艺术的浩劫！人心的虚伪，丑恶，愚痴的象征！

下了茶楼，辞别了我的朋友归寓，途经这"假三层楼"的时候，我急忙远离了，向前走去。一路但想：以"经济""便利""美观"三条件为要旨的"合理的"建筑，何时出现在我们的内地呢？何时出现在我们的内地呢？

禁止攀折

现在正是所谓"绿阴时节"。游山玩水，欣赏自然，没有比现在更好的时节了。乡村的田野中，好像打翻了绿染缸，处处是一堆一堆的绿。都市的公园中，绿色的布置更齐整：那树木好像绿的宝塔，那冬青好像绿的低垣，那草地好像绿的毯子。爱好天真的人不欢喜这些人工的自然，嫌它们矫揉造作；不欢喜这些规则的布置，嫌它们呆板。它们的确难能避免这种批评。这原是西洋风的庭园装饰法。西洋人的生活，什么都科学化，连自然界的花木，也硬要它们生作几何形体。这点趣味，与一向爱好天真自然的东洋人很不投合，我们偶然看见这种几何形体的植物，一时也觉得新颖可喜。但是看惯之后，或者与野生植物比较起来，就觉得这些很不自然。若是诗人，画家，带了"有情化"的眼光而游这种公园，其眼前所陈列的犹如一群折断了腰，斩了头，截了肢体的人，其状惨不忍睹。在他们，进公园不但不得娱乐，反而起了不快之感。

这种不快之感，原是敏感的人所独有的，普通人可以不必分担。但现今多数的公园中，另有一种更显著的现象，常给游客以不快的印象。这便是"禁止攀折"一类的标札。据有一位朋友说，他带了十分愉快的心情而走进公园大门。每逢看见一个"禁止"的标札，他的愉快可打一个九折。看见了两个"禁止"的标札，他的愉快只剩一折八扣了。我很能了解他的心情。他看了这种"禁止"标札所以感觉不快者，并非为了他想攀花折柳，被禁止而不能如愿之故。也不是为了他曾经攀花折柳吃过别人耳光的缘故。他所嫌恶的，是这种严厉的标札破坏了公园的美，伤害了人心的和平。

我对这意思完全同情。我们不否定"禁止"两字的存在，却嫌它们不应该用在公园里。譬如军政重地，门外面挂一张"禁止闲人入内"的虎头牌，我们并不讨嫌它。因为这些地方根本不可亲爱，我们决不想在这些地方得个好感。就是放两架机枪在门口，也由它去，何况只标几个文字呢？又如税关，外面挂着一张"禁止绕越"的虎头牌，我们也不讨嫌它。因为税关办理非严密不可，我们决不希望它客客气气地坐视走私。即使派兵警守护也不为过，何况贴一张字条儿呢？又如火车站的月台上，挂着"禁止越轨"的牌子；碘酒的瓶上，写着"禁止内服"的红字，我们非但不讨嫌它们，反而觉得感谢。因为它们防人误触危险，有碍生命，其警告是出于好意的。故"禁止"二字放在上述的地方，都很相当，我们都不觉得不快；但放在公园里，就非常不调和，有时要刺痛游人的眼睛。因为公园是供人游乐的地方，使人得到慰安的地方。这里面所有的全是美与和平。拿"禁止"这两个严厉的字眼来放在美与和平的背景中,犹如万绿丛中着了一点红色,多少刺目;又好比许多亲爱的嘉宾中混入了一个带手枪的暴徒,多少不调和!

试想:休沐日之晨,或者放工后的傍晚,约了二三伴侣散步于公园中,在度着紧张的现代都会生活的人们,这原是好的恢复精神,鼓励元气,调节生活,享乐生趣的时机。但是一走进门,劈头先给你吃一个警告:"禁止攀折!"这游客的心中,本无攀折之意,但吃了这警告,心中不免一阵紧张,两手似觉有些痉挛。自己诫告自己,留心触犯这规则。遇到可爱的花木,宁可远离一点,以避嫌疑。走了一会,看见一个池塘,内有游鱼往来。这里没有树木,没有花卉。游客以为可在这里放心地欣赏游鱼之乐了。然而凭栏一望,当面又吃一个警告:"禁止钓鱼及抛掷……!"游客本来不要钓鱼,也不愿拿东西抛掷池中,但吃了这警告,心中又是一阵紧张,两手又觉一种痉挛。再自己诫告自己,留心触犯规则。身子靠在栏杆上,两手宁可反在背后,以避嫌疑。向池中望了一望,乐得早点走开,因为这样地欣赏鱼乐是很不安心的。再走了一会,看见一块草地,平广而整齐,真像一大片绿油漆的地板。中央一条小径,迤逦曲折,好像横卧在这地板上的一条白练。这是多么牵惹游人的光景,谁都乐愿到这小径上走一遭。但是一脚踏进,当眼又吃一个警告:"禁止行走草地。"游人本来不忍用脚去践踏这些绿绒似的嫩草,但吃了这警告,心中又是一阵紧张,两脚也感到一种痉挛,再自己诫告自己,留心触犯规则。

本想在小径中央站立一会，望望四周的绿草，想像自己穿着神话里的浮鞋，立在浮萍上面。但这有触犯禁章的嫌疑。还不如快步穿过了这小径，来得安心。再走一会，看见一个动物园；再走一会，看见一个秋千架；再走一会，看见一温室。但处处都有警告给你吃。甚至闲坐在长椅子上，也要吃个"不准搬动椅子"的警告。游客原为找求安慰而来，但现在变成了为吃警告而入公园了！供人游乐的公园挂了许多"禁止"的标札，犹如贴肌的衬衣上着了许多蚤虱，使人感觉怪难过的。美丽的花木，鱼池，草地上挂了这些严厉的警告，亦大为减色。这些真是"杀风景"的东西。

然而我们也不可不为公园的管理人着想。上述的游客，原是循规蹈矩而以谦恭为怀的好人。倘使他不吸香烟，而身上的钮扣又个个扣好，真可谓新生活运动中的完人了。但是世间像这样的人并不多。公园的游客中，有许多人要攀花折柳，有许多人要殃及池鱼，有许多人要践踏草地，还有许多人要无心或有心地毁坏公园中的设备。公园中倘不挂这些杀风景的"禁止"，恐怕早已不成为公园而变成废墟了。而且，"禁止"的警告能够发生效力，还只能限于稍稍文明的地方。有许多公共的风景地方，不声不响的"禁止"两个字全然无效。我曾亲眼看见穿着体面的长衫而在"禁止攀折"的标札旁边攀折重瓣桃花的人。又曾亲眼看见安闲地坐在"禁止洗涤"的牌子下面洗涤裤子的人。又曾屡屡看见悠然地站在"禁止小便"的大字下面放小便的人。对于这种人，即使一连挂了十张"禁止"的标札，也无效用；即使把"禁止"两字写得同"酱园"或"当"一样大，也不相干。对于这种人，看来只有每处派个武装警察，一天到晚站岗，时时肆行叱骂，必要时还得飞送耳光，方始有效。这样看来，那些公园能以"禁止"二字收得实效，可谓文明地方的现象；而悬挂"禁止"的标札，也可说是很文明的办法。我们在这里埋怨这种办法的杀风景，似乎对于公园的管理者太不原谅，而对于人世太奢望了。

理想往往与事实相左，然而不能因此而废弃理想。和平美丽的公园中处处悬挂"禁止"的标札，到底是一件使人不快的事。世人惯说"艺术能美化人生"，我在这里想起了一个适切的实例：据某画家说，某处的公园中的标札，用漫画来代替文字，用要求同情来代替禁止，可谓调济理想与事实的巧妙的办法。例如要警告游人勿折花木，用勿着模仿军政法政，板起脸孔来喊"禁止"。不妨描一张美丽的漫画，画中表示一双手正在攀折一朵花，而花心里伸出一个人头来，向着观者颦蹙哀号，痛哭流涕。这不但比"禁止"好看，据我想来实比禁止有效得多。花木虽然不能言语，但它们的具有生机，人类可以迁想而知。有一种花被折断了创口中立刻流出一种白色的汁水来，叶儿立刻软疲下来。看了这光景，谁也觉得凄惨。因为这种汁水可以使人联想到血，这种叶儿可以使人联想到肢体。那幅漫画所表现出来的，便是这种凄惨的光景。向人的内心里要求同情，自比强横的禁止有效得多。又如要警告游人勿伤害池鱼，也可用同样的方法来要求同情，画一个大鱼，头上包着纱布，身上贴着好几处十字形的绊创膏，张着口，流着泪，好像在那里叫痛。旁边不妨再画几条小鱼，偎傍在大鱼身旁，或者流着同情之泪，或在用嘴吻他的创口。这是一幅很可动人的漫画。把人类的事（绊创膏）借用在鱼类身上，一方面非常滑稽可笑，另一方面非常易以引起同情。又如要警告游人勿踏草地，也可画一只大皮鞋，沉重地踏在许多小草上。每枝小草身上都长着一个小头，形如一群幼稚园里的小孩。但这些头都被大皮鞋所踏扁，成荸荠形，大家扁着嘴在那里哭。人们对于脚底下的事，最不易注意。但倘把脸贴伏在地上，细细观察走路时脚底下所起的情形，实在是很可惊的。那皮鞋好像飞来峰，许多小虫被它突然压死，许多小草被它突然腰斩。腰斩的伤痕疗养到将要复原的时候，又一个飞来峰突然压溃了它。这是何等动人的现象！这幅画就把这种现象放大，促人注意。看了这画之后，把脚踏到青青的嫩草上去，脚底下似觉痒痒的非常不安。这便是那幅画的效果。

这种画的效果，乃由于前述的自然"有情化"而来。能把花木，池鱼，小草推想作和人一样有感情的活物，看了这些画方有感动。而"有情化"的看法，又根据在人性中的"同情心"上。要先能推己及人，然后能迁想于物，而开"有情化"之眼。故上述的漫画标札，对于缺乏同情心的人，还是无效。

为了有这些人，多数俱足人性的好人无辜地在公园里吃着那种严厉的警告。

二十五（1936）年五月卅一日作

荣　辱

为了一册速写簿遗忘在里湖的一爿小茶店里了，特地从城里坐黄包车去取。讲到车钱来回小洋四角。

这速写簿用廿五文一大张的报纸做成，旁边插着十几个铜板一支的铅笔。其本身的价值不及黄包车钱之半。我所以是要取者，为的是里面已经描了几幅画稿。本来画稿失掉了可以凭记忆而背摹；但这几幅偏生背摹不出，所以只得花了工夫和车钱去取。我坐在黄包车里心中有些儿忐忑。仔细记忆，觉得这的确是遗忘在那茶店里面第二只桌子的墙边的。记得当我离去时，茶店老板娘就坐在里面第一只桌子旁边，她一定看到这册速写簿，已经代我收藏了。即使她不收藏，第二个顾客坐到我这位置里去吃茶，看到了这册东西一定不会拿走，而交老板娘收藏。因为到这茶店里吃茶的都是老主顾，而且都是劳动者，他们拿这东西去无用。况且他们曾见我在这里写生过好几次，都认识我，知道这是我的东西，一定不会吃没我。我预卜这辆黄包车一定可以载了我和一册速写而归来。

车子走到湖边的马路上，望见前面有一个军人向我对面走来。我们隔着一条马路相向而行，不久这人渐渐和我相近。当他走到将要和我相遇的时候，他的革靴嘎然一响，立正，举手，向我行了一个有色有声的敬礼。我平生不曾当过军人，也没有吃粮的朋友，对于这种敬礼全然不惯，不知怎样对付才好，一刹那间心中混乱。但第二刹那我就决定不理睬他。因为我忽然悟到，这一定是他的长官走在我的后面，这敬礼与我是无关的。于是我不动声色地坐在车中，但把眼斜转去看他礼毕。我的车夫跑得正快，转瞬间我和这行礼者交手而过，背道而驰。我方才旋转头去，想看看我后面的受礼者是何等样人。不意后面并无车子，亦无行人，只有那个行礼者。他正也在回头看我，脸上表示愤怒之色，隔着二三丈的距离向我骂了一声悠长的"妈——的！"，然后大踏步去了。我的车夫自从见我受了敬礼之后，拉得非常起劲。不久使我和这"妈——的！"相去遥远了。

　　我最初以为这"妈——的！"不是给我的，同先前的敬礼的不是给我一样。但立刻确定它们都是给我的。经过了一刹那间的惊异之后，我坐在黄包车里独自笑起来。大概这军人有着一位长官，也戴墨镜，留长须，穿蓝布衣，其相貌身材与我相像。所以他误把敬礼给了我。但他终于发觉我不是他的长官，所以又拿悠长的"妈——的！"来取消他的敬礼。我笑过之后一时终觉不快。倘然世间的荣辱是数学的，则"我+敬礼-妈的=我"同"3+1-1=3"一样，在我没有得失，同没有这回事一样。但倘不是数学的而是图画的，则涂了一层黑色之后再涂一层白色上去取消它，纸上就堆着痕迹，或将变成灰色，不复是原来的素纸了。我没有冒领他的敬礼，当然也不受他的"妈——的！"。但他的敬礼实非为我而行，而他的"妈——的！"确是为我而发。故我虽不冒领敬礼，他却要我实收"妈——的！"。无端被骂，觉得有些冤枉。

但我的不快立刻消去。因为归根究底，终是我的不是，为甚么我要貌似他的长官，以致使他误认呢？昔夫子貌似了阳货，险些儿"性命交关"。我只受他一个"妈——的！"，比较起来真是万幸了。况且我又因此得些便宜：那黄包车夫没有听见"妈——的！"，自从见我受了军人的敬礼之后，拉得非常起劲。先前咕噜地说"来回四角太苦"，后来一声不响，出劲地拉我到小茶店里，等我取得了速写簿，又出劲地拉我回转。给他四角小洋，他一声不说；我却自动地添了他五个铜子。

我记录了这段奇遇之后，作如是想：因误认而受敬，因误认而被骂。世间的毁誉荣辱，有许多是这样的。

1935年3月6日于杭州

车厢社会

我第一次乘火车，是在十六七岁时，即距今20余年前。虽然火车在其前早已通行，但吾乡离车站有30里之遥，平时我但闻其名，却没有机会去看火车或乘火车。十六七岁时，我毕业于本乡小学，到杭州去投考中等学校，方才第一次看到又乘到火车。以前听人说："火车厉害得很，走在铁路上的人，一不小心，身体就被碾做两段。"又听人说："火车快得邪气，坐在车中，望见窗外的电线木如同栅栏一样。"我听了这些话而想像火车，以为这大概是炮弹流星似的凶猛唐突的东西，觉得可怕。但后来看到了，乘到了，原来不过尔尔。天下事往往如此。

自从这一会乘了火车之后，20余年中，我与火车不断地发生关系。至少每年乘三四次，有时每月乘三四次，至多每日乘三四次。（不过这是从江湾到上海的小火车。）一直到现在，乘火车的次数已经不可胜计了。每乘一次火车，总有种种感想。倘得每次下车后就把乘车时的感想记录出来，记到现在恐怕不止数百万言，可以出一大部乘火车全集了。然而我哪有工夫和能力来记录这种感想呢？只是回想过去乘火车时的心境，觉得可分三个时期。现在记录出来，半为自娱，半为世间有乘火车的经验的读者谈谈，不知他们在火车中是否作如是想的？

第一个时期，是初乘火车的时期。那时候乘火车这件事在我觉得非常新奇而有趣。自己的身体被装在一个大木箱中，而用机械拖了这大木箱狂奔，这种经验是我向来所没有的，怎不教我感到新奇而有趣呢？那时我买了车票，热烈地盼望车子快到。上了车，总要拣个靠窗的好位置坐。因此可以眺望窗外旋转不息的远景，瞬息万变的近景，和大大小小的车站。一年四季住在看惯了的屋中，一旦看到这广大而变化无穷的世间，觉得兴味无穷。我巴不得乘火车的时间延长，常常嫌它到得太快，下车时觉得可惜。我欢喜乘长途火车，可以长久享乐。最好是乘慢车，在车中的时间最长，而且各站都停，可以让我尽情观赏。我看见同车的旅客个个同我一样地愉快，仿佛个个是无目的地在那里享受乘火车的新生活的。我看见各车站都美丽，仿佛个个是桃源仙境的入口。其中汗流满背地扛行李的人，喘息狂奔的赶火车的人，急急忙忙地背着箱笼下车的人，拿着红绿旗子指挥开车的人在我看来仿佛都干着有兴味的游戏，或者在那里演剧。世间真是一大欢乐场，乘火车真是一件愉快不过的乐事！可惜这时期很短促，不久乐事就变为苦事。

第二个时期，是老乘火车的时期。一切都看厌了，乘火车在我就变成了一桩讨嫌的事。以前买了车票热烈地盼望车子快到。现在也盼望车子快到，但不是热烈地而是焦灼地。意思是要它快些来载我赴目的地。以前上车总要拣个靠窗的好位置，现在不拘，但求有得坐。以前在车中不绝地观赏窗内窗外的人物景色，现在都不要看了，一上车就拿出一册书来，不顾环境的动静。只管埋头在书中，直到目的地的达到。为的是老乘火车一切都已见惯，觉得这些千篇一律的状态没有甚么看头。不如利用这冗长无聊的时间来用些功。但并非欢喜用功，而是无可奈何似的用功。每当看书疲倦起来，就埋怨火车行得太慢，看了许多书还走得两站！这时候似觉一切乘车的人都同我一样，大家焦灼地坐在车厢中等候到达。看到凭在车窗上指点谈笑的小孩子，我鄙视他们，觉得这班初出茅庐的人少见多怪，其浅薄可笑。有时窗外有飞机驶过，同车的人大家立起来观望，我也不屑从众，回头一看立刻埋头在书中。总之，那时我在形式上乘火车，而在精神上仿佛遗世独立，依旧笼闭在自己的书斋中。那时候我觉得世间一切枯燥无味，无可享乐，只有沉闷，疲倦，和苦痛，正同乘火车一样。这时期相当地延长，直到我深入中年时候而截止。

第三个时期，可说是惯乘火车的时期。乘得太多了，讨嫌不得许多，还是逆来顺受罢。心境一变，以前看厌了的东西也会重新有起意义来，仿佛"温故而知新"似的。最初乘火车是乐事，后来变成苦事，最后又变成乐事，仿佛"返老还童"似的。最初乘火车欢喜看景物，后来埋头看书，最后又不看书而欢喜看景物了。不过这会的欢喜与最初的欢喜性状不同：前者所见都是可喜的，后者所见却大多数是可惊的，可笑的，可悲的。不过在可惊可笑可悲的发见上，感到一种比埋头看书更多的兴味而已。故前者的欢喜是真的"欢喜"，若译英语可用happy或merry①。后者却只是like或fond of②，不是真心的欢乐。实际，这原是比较而来的；因为看书实在没有许多好书可以使我集中兴味而忘却乘火车的沉闷。而这车厢社会里的种种人间相倒是一部活的好书，会时时向我展出新颖的Page③来。惯乘火车的人，大概对我这话多少有些儿同感的吧！

不说车厢社会里的琐碎的事，但看各人的坐位，已够使人惊叹了。同是买一张票的，有的人老实不客气地躺着，一人占有了五六个人的位置。看见找寻坐位的人来了，把头向着里，故作鼾声，或者装作病了，或者举手指点那边，对他们说："前面很空，前面很空。"和平谦虚的乡下人大概会听信他的话，让他安睡，背着行李向他所指点的前面去另找"很空"的位置。有的人教行李分占了自己左右的两个位置，当作自己的卫队。若是方皮箱，又可当作自己的茶几。看见找坐位的人来了，拼命埋头看报。对方倘不客气地向他提出："对不起，先生，请把你的箱子放在上面吧，大家坐坐！"他会指着远处打官话拒绝他："那边也好坐，你为甚么一定要坐在这里？"说

---

① 这两个英文词的意思是"快乐"。

② 这两个英文词与词语的意思是"喜欢"。

③ 页。

过管自看报了。和平谦让的乡下人大概不再请求，让他坐在行李的护卫中看报，抱着孩子向他指点的那边去另找"好坐"的地方了。有的人没有行李，把身子扭转来，教一个屁股和一只大腿占据了两个人的坐位，而悠闲地凭在窗中吸烟。他把大乌龟壳似的一个背部向着他的右邻，而用一只横置的左大腿来拒远他的左邻。这大腿上面的空间完全归他所有，可在其中从容地抽烟，看报。逢到找寻坐位的人来了，把报纸堆在大腿上，把头攒出窗外，只作不闻不见。还有一种人，不取大腿的策略，而用一册书和一个帽子放在自己身旁的坐位上。找坐位的人倘来请他拿开，就回答他说"这里有人"。和平谦虚的乡下人大概会听信他，留这空位给他那"人"坐，扶着老人向别处去另找坐位了。找不到坐位时，他们就把行李放在门口，自己坐在行李上，或者抱了小孩，扶了老人站在WC^①的门口。查票的来了，不干涉躺着的人，以及用大腿或帽子占坐位的人，却埋怨坐在行李上的人和抱了小孩扶了老人站在WC门口的人阻碍了走路，把他们骂脱几声。

　　我看到这种车厢社会里的状态，觉得可惊，又觉得可笑，可悲。可惊者，大家出同样的钱，购同样的票，明明是一律平等的乘客，为甚么会演出这般不平等的状态？可笑者，那些强占坐位的人，不惜装腔，撒谎，以图一己的苟安，而后来终

---

　　① 厕所。

得舍去他的好位置。可悲者，在这乘火车的期间，苦了那些和平谦虚的乘客，他们始终只得坐在门口的行李上，或者抱了小孩，扶了老人站在WC的门口，还要被查票者骂脱几声。

在车厢社会里，但看坐位这一点，已足使我惊叹了。何况其他种种的花样。总之，凡人间社会里所有的现状，在车厢社会中都有其缩图。故我们乘火车不必看书，但把车厢看作人间世的模型，足够消遣了。

回想自己乘火车的三时期的心境，也觉得可惊，可笑，又可悲。可惊者，从初乘火车经过老乘火车，而至于惯乘火车，时序的递变太快！可笑者，乘火车原来也是一件平常的事。幼时认为"电线木同栅栏一样"，车站同桃源一样固然可笑，后来那样地厌恶它而埋头于书中，也一样地可笑。可悲者，我对于乘火车不复感到昔日的欢喜，而以观察车厢社会里的怪状为消遣，实在不是我所愿为之事。

于是我憧憬过去在外国时所乘的火车。记得那车厢中很有秩序，全无现今所见的怪状。那时我们在车厢中不解众苦，只觉旅行之乐。但这原是过去已久的事，在现今的世间恐怕不会再见这种车厢社会了。前天同一位朋友从火车下来，出车站后他对我说了几句新诗似的东西，我记忆着。现在抄在这里当作结尾：

人生好比乘车：

有的早上早下，

有的迟上迟下，

有的早上迟下，

有的迟上早下。

上了车纷争坐位，

下了车各自回家。

在车厢中留心保管你的车票，

下车时把车票原物还他。

1935年3月26日

山水间的生活①

　　我家迁住白马湖上后三天，我在火车中遇见一个朋友，对我这样说："山水间虽然清静，但物质的需要不便之外，住家不免寂寞，办学校不免闭门造车，有利亦有弊。"我当时对于这话就起一种感想，后来忙中就忘却了。

　　现在春晖在山水间已生活了近一年了，我的家庭在山水间已生活了一月多了。我对于山水间的生活，觉得有意义，又想起了火车中的友人的话。写出我的几种感想在下面。

　　我曾经住过上海，觉得上海住家，邻人都是不相往来，而且敌视的。我也曾做过上海的学校教师，觉得上海的繁华和文明，能使聪明的明白人得到暗示和觉悟，而使悟力薄弱的人收到很恶的影响。我觉得上海虽热闹，实在寂寞，山中虽冷静，实在热闹，不觉得寂寞。就是上海是骚扰的寂寞，山中是清静的热闹。

　　①　本篇曾载1923年6月1日浙江上虞春晖中学校刊《春晖》第13期。署名：子恺。——编者注

在火车里的几小时，是在这社会里四五十年的人生的缩图。座位被占，提包被偷等恐慌，就是生活恐慌的缩形。倘嫌山水间的生活的寂寞，而慕都会的热闹，犹之在只乘四五个相熟的人的火车里嫌寂寞，要往别的拥挤着的车子里去。如果有这样的人，他定是要描写拥挤的车子而去观察的小说家，否则是想图利去的pickpocket（扒手）。

我在教授图画唱歌的时候，觉得以前曾在别处学过图画唱歌的人最难教授，全然没有学过的人容易指导。同样，我觉得在社会里最感到困难的是"因袭的打破难"。许多学校风潮，许多家庭悲剧，许多恶劣的人类分子，都是"因袭的罪恶"，何尝是人间本身的不良。因袭好比遗传，永不断绝。新文化一次输入因袭旧恶的社会里，仿佛注些花露水在粪里，气味更难当。再输入一次，仿佛在这花露水和粪里再注入些香油，又变一种臭气。我觉得无论什么改造，非先除去因袭的恶弊终归越弄越坏。在山水间的学校和家庭，不拘何等孤僻，何等少见闻，何等寂寥，"因袭的传染的隔远"和"改造的容易入手"是实实在在的事实。

我从前往往听见人讲到子弟求学或职业等问题，都说："总要出上海①！"听者带着一种对于将来生活的恐慌的自警

①　出上海，指到上海去。——编者注

的态度默应着。把这等话的心理解剖起来，里面含着这样的几个要素：（一）上海确是文明地，冠盖之区，要路津。（二）少年应当策高足，先据这要路津。（三）这就是吾人应走的前途。所谓闭门造车，也是具有这样的内容的话。怀着这样的思想的人，是因袭的奴隶，是因袭的维持者。

闭门造车，是指说不符合门外的轨道的大小，造了不能在门外的轨道上运行的车。行车一定要在已成的轨道上吗？这已成的轨道确是引导我们走正路的吗？有了车不能造轨道的吗？在这"闭门造车"一句话里，分明表示着人们的依赖、因袭，和创造力多么薄弱。

不造则已，如果要造车，一定非闭门造不可。如果依照已成的轨道而造，所造出的车子和以前已有的车子一样，就在已成的轨道上随波逐流地去了。即使已有的车子是好的，已成的轨道是正的，造车的效力也不过加多了车，不是造车的进步。何况已有的车子或者不好，已成的轨道或者不正呢。

"好久不到都会了，好久不看报了，退步了。"这样说的人也有。实在，进步是前进的意思，进步越快，离社会越远，离社会越远，进步越深（这是厨川白村说的）。子路说道："吾过矣，吾离群而索居，亦已久矣。"这便是子路所以为子路。

"山水间生活，有利亦有弊"，这大概是指清静、空气新鲜、生活程度低等是利。需要不便、寂寞、闭门造车等是弊。这是要计较两方的利弊长短而取舍的意思。这话的内容和"新思想并不恶、时势变更了不得已而然的。但从前的习惯一概不好，也不能说"的话同是乡愿的话。

这话的变形，就是"凡物都有明暗两方面的"。这话固然不错。但我觉得明暗是一体的。非但如此，明是因为有暗而益明的。仿佛绘画，明调子因暗调子而益美，暗调子因明调子而也美了。断不是明面好，暗面不好。如果取明而弃暗，就是Ruskin（罗斯金）所谓："自然像日光和阴影相交一般混合着优劣两种要素，使双方相互地供给效用和势力的。所以除去阴影的画家，定要在他自己造出来的无荫的沙漠里烧死！"

爱一物，是兼爱它的阴暗两方面。否，没有暗的明是不明的，是不可爱的。我往往觉得山水间的生活，因为需要不便而菜根更香，豆腐更肥。因为寂寥而邻人更亲。

且勿论都会的生活与山水间的生活孰优孰劣，孰利孰弊。人生随处皆不满，欲图解脱，唯于艺术中求之。

一九二三，五，一四，在小杨柳屋

二重生活①

　　西洋文化用了不可抵抗的势力而侵入中国来。同时中国文化也用了顽强的势力而保住它的传统。于是中国人的思想上，生活上，处处出现新旧文化同时并存的状态。这叫做二重生活。譬如：这里在组织小家庭，那里在励行九世同居。这里在登离婚广告，那里在建贞节牌坊。甚至两种状态出现在一份人家里，或者一个人身上，造成了种种的烦闷与苦痛。

　　大家只知道把年来民生的不安，归罪于天灾人祸，内乱外患等种种大原因上。殊不知除此以外，还有一种最切身地使民生不安的原因，便是这二重生活。它能使一般民众左顾右虑，东张西望，茫然莫知所适从，始终彷徨在生活的歧途上。它能使各种言行得到成立的根据，各种罪恶找得到辩护的理由，以致是非颠倒，黑白混淆。为了生活的方针而满腹踌躇，煞费苦心；终于陷入盲从，遭逢失败的，在近来中国的民间不知有几千万人呢！不说别的，但看二重生活上最小的一件事——阴历阳历的并存，已足够使人麻烦杀了！

---

　　① 本篇曾载1935年11月6日《申报》。——编者注

"诚于中，必形于外"，岂独个人如此？社会也是这样的。度着二重生活的我国的民间社会里，处处显露着时代错误的不调和状态，形成了一个奇妙的漫画世界，漫画在最近的我国相当地流行，二重生活正是其主因。试闲步市街中，静观其现状，必可发见种种二重生活的不调和状态，可笑或可惊。流线型的汽车旁边有时抬过一顶官轿。电车前面有时掮过两扇"肃静""回避"的行牌。水门汀的人行道上走着一双钉鞋，霓虹灯的邻近挂着六只红纱灯。铁路旁边并列着一爿石造的环洞桥。两座高层建筑的中间夹着一所古庙。……走进屋内：有时你会看见洋房的drawing room（客厅）里，挂着"天官赐福"，供着香炉蜡台和两串纸做的金元宝。抽水马桶间的对门，贴着"姜太公在此百无禁忌"的黄纸条。若是冬天，你会看见头戴大礼帽而坐在宁式眠床上的人；脚踏铜火炉而手捧水烟筒的人。若是喜庆日子，你会看见古代的新娘与现代的新郎，和穿洋装行跪拜礼的人；若是为了病人，你还可看见西医和道士一同走进这份人家呢。……

但这也不是我们中国特有的状态。日本也是如此。在形式上，也可说在美术上，日本是东洋风最盛的国家。东方古代生活的种种样式，例如席地而坐，木屐而行，以及男女服装，礼貌等，在中国早已废弃，在日本至今还奉行着。当明治维新，西方文化传入日本的时候，他们社会里的二重生活状态，恐怕比我们现在的更加可笑又可惊呢。著名的浮世绘大家芳年的作品，就有讥讽当时的不调和状态的绘画。他画明治初年的国会议员，身穿"羽织"（haori，日本的外套），腰束围裙（hakama），而头戴西洋的大礼帽，脚蹬西洋的皮鞋，成个滑稽的样子。近代日本的美术论者，也有诅咒东京的二重生活的。例如：穿了木屐乘电车，古装新娘与燕尾服新郎，洋风大建筑与日本风古屋，鸟居（torii，木造的牌坊）并列，穿洋装的人相见时跪下来行日本礼……他们说这东西洋风的并存，使街景不调和，使环境丑恶化，是"非美术的"。他们努力要求改进，要求调和，要求市街的美术化。住在现在中国社会里的美术家，美术爱好者，和关心"市容"者，对于他们这种诅咒与要求，大约都有同感吧？

这种诅咒与要求固有正常的理由，但那种不调和相也是必然的产物。西洋文化用了不可抵抗的势而冲进东洋来，不接受是不可能的。

然而谁能一扫东洋旧习，使它立刻全部西洋化呢？推美术家的心，似乎希望立刻全部西洋化，使人立在东京或上海的街上，感觉得如同立在巴黎或伦敦的街上一样。否则，索性全部东洋风，使人住在现代社会里，感觉得如同住在古代社会里一样。然而两者都是不可能的。回复古代当然做不到；全部西洋化"谈何容易"？即使"容易"（注：忆某古人说，此容易二字不相连，乃何容二字相连，今强用之），我们的鼻头天生成不高，眼睛天生成不蓝，皮肤天生成不白，这西洋化也是不彻底的，那么生在现代中国的我们，对于这事应取甚样的态度呢？我们将始终度送这种可笑的不调和的二重生活吗？

不，我们的前途，自有新的道路正待开辟。这是东西洋文化的"化合"路，也可说是世界文化的"大同"路。物质文明发迹于西洋，但不是西洋所专有的，应是现世一切民族所不得不接受的"时代"的赠物了。现今我国所有各种物质文明的建设，大半是硬子子①地从西洋搬运进来的，生吞活剥地插在本国土内。一切可笑的，不调和的二重生活，即由此产生。换言之，目前我们的生活中，东西洋文化"混合"着，所以有二重。须得教他们"化合"起来，产生第三种新生活，然后方可免除上述的种种丑恶与苦痛。进言之，西洋不永远是先进民族。今后的世界，定将互相影响，互相移化，渐渐趋于"大同"之路。

我们对于各种旧习应该不惜放弃，对于各种新潮应该不怕接受。只要以"合理"为本，努力创造新的生活，便合于世界大同之旨了。听说日本人曾有废除其原有的文字而改用罗马字横排的提议。又有废除美术学校里的"日本画系"与"西洋画系"的分立而仅设一"绘画系"的企图。然而还没有成功。记得中国也曾有少数人试用横写的、注音字母拼成的国音，然而没有人顾问。这当然不是容易办到的事。但我却在这里愚痴

---

① 硬子子，作者家乡土话，意即生硬。——编者注

地梦想：置军备，事战争，无非为了谋人类生活的幸福。诚能教世界各国大家把军备和战争所用的经费如数省下来，移作未来的"大同世界"的建设费，这一定不难实现，全人类的生活一定幸福得多！世间的美术家一定欢庆尤深！可惜这只是我的梦想。

1935年

新年怀旧[1]

我似觉有二十多年不逢着"新年"了。因为近二十多年来，我所逢着的新年，大都不像"新年"。每逢年底，我未尝不热心地盼待"新年"的来到；但到了新年，往往大失所望，觉得这不是我所盼待的"新年"。我所盼待的"新年"似乎另外存在着，将来总有一天会来到的。再过半个月，新年又将来临。料想它又是不像"新年"的，也无心盼待了。且回想过去吧。

我所认为像"新年"的新年，只有二十多年前，我幼时所逢到的几个"新年"。二十多年来，我每逢新年，全靠对它们的回忆，在心中勉强造出些"新年"似的情趣来，聊以自慰。回忆的力一年一年地薄弱起来。现在若不记录一些，恐怕将来的新年，连这点聊以自慰的空欢也没有了。

当阳历还被看作"洋历"，阴历独裁地支配着时间的时代，新年真是一个极盛大的欢乐时节！一切空气温暖而和平，一切人公然地嬉戏。没有一个人不穿新衣服，没有一个人不是

---

① 本篇曾载1936年1月1日《宇宙风》第1卷第8期。——编者注

新剃头。尤其是我，正当童年时代，不知众苦，但有一切乐。我的新年的欢乐，始于新年的eve（前夕）。

大年夜的夜饭，我故意不吃饱。留些肚皮，用以享受夜间游乐中的小食，半夜里的暖锅，和后半夜的接灶圆子。吃过夜饭，店里的柜台上就点着一对红蜡烛，一只风灯。红蜡烛是岁烛，风灯是供给往来的收账人看账目用的。从黄昏起，直至黎明，街上携着灯笼收账的人络绎不绝。来我们店里收账的人，最初上门来，约在黄昏时，谈了些寒暄，把账簿展开来看一看，大约有多少，假如看见管账先生不拿出钱来，他们会很客气地说一声"等一会儿再算"，就告辞。第二次来，约在半夜时。这会拿过算盘来，确实地决算一下，打了一个折扣，再在算盘上摸脱了零头，得到一个该付的实数。倘我们的管账先生因为自己的店账没有收齐，回报他们说，"再等一会儿付款"，收账的人也会很客气地满口答允，提了灯笼又去了。第三次来时，约在后半夜。有的收清账款，有的反而把旧欠放弃不收，说道"带点老亲"。于是大家说着"开年会"，很客气地相别。我们的收账员，也提了灯笼，向别家去演同样的把戏，直到后半夜或黎明方才收清。这在我这样的孩子们看来，真是一年一度的难得的热闹。平日天一黑就关门。这一天通夜开放，灯火满街。我们但见一班灯笼进，一班灯笼出，店堂里充满着笑语和客气话。心中着实希望着账款不要立刻付清，因此延长一点夜的闹热。在前半夜，我常常跟了我们店里的收账员，向各店收账。每次不过是看一看数目，难得收到钱。但遍访各店，在我是一种趣味。他们有的在那里请年菩萨，有的在那里准备过新年。还有的已经把年夜当作新年，在那里掷骰子，欢呼声充满了店堂的里面。有的认识我是小老板，还要拿本店的本产货的食物送给我吃，表示亲善。我吃饱了东西回到家里，里面别是一番热闹：堂前点着岁烛和保险灯。灶间里拥着大批人看放谷花。放的人一手把糯米谷撒进镬子里去，一手拿着一把稻草不绝地在镬子底上撩动。那些糯米谷得了热气，起初"啪，啪"地爆响，后来米脱出了谷皮，渐渐膨胀起来，终于放得像朵朵梅花一样。这些梅花在环视者的欢呼声中出了镬子，就被拿到厅上的桌子上去挑选。保险灯光下的八仙桌，中央堆了一大堆谷花，四周围着张开笑口的男女老幼许多人。你一堆，我一堆，大家竞把奢糠剔去，拣出纯白的谷花来，放在一只竹篮里，预备新年里泡糖茶请客人吃。我也参加在这人丛中；但我的任务不是拣而是吃。那白而肥的谷花，又香又燥，比炒米更松，比蛋片更脆，又是一年中难得尝到的异味。等到拣好了谷花，端出暖锅来吃半夜饭的时候，我的肚子已经装饱，只为着吃后的"毛草纸揩嘴"的兴味，勉强凑在桌上。所谓"毛草纸揩嘴"，是每年年夜例行的一种习惯。吃过年夜饭，家里的母亲乘孩子们不备拿出预先准备着的老毛草纸向孩子们口上揩抹。其意思是把嘴当作屁眼，这一年里即使有不吉利的话出口，也等于放屁，不会影响事实。但孩子们何尝懂得这番苦心？我们只是对于这种恶戏发生兴味，便模仿母亲，到茅厕间里去拿张草纸来，公然地向同辈，甚至长辈的嘴上去乱擦。被擦者决不愤怒，只是掩口而笑，或者笑着逃走。于是我们擎起草纸，向后面追赶。不期正在追赶的时候，自己的嘴却被第三者用草纸揩过了。于是满堂哄起热闹的笑声。

夜半过后在时序上已经是新年了；但在习惯上，这五六个小时还算是旧年。我们于后半夜结伴出门，各种商店统统开着，街上行人不绝，收账的还是提着灯笼幢幢来往。但在一方面，烧头香的善男信女，已经携着香烛向寺庙巡礼了。我们跟着收账的，跟着烧香的，向全镇乱跑。直到肚子跑饿，天将向晓，然后回到家里来吃了接灶圆子，怀着了明朝的大欢乐的希望而醺然就睡。

元旦日，起身大家迟。吃过谷花糖茶，白日的乐事，是带了去年底预先积存着的零用钱，压岁钱，和客人们给的糕饼钱，约伴到街上去吃烧卖。我上街的本意不在吃烧卖，却在花纸儿和玩具上。我记得，似乎每年有几张新鲜的花纸儿给我到手。拿回家来摊在八仙桌上，引得老幼人人笑口皆开。晏晏地吃过了隔年烧好的菜和饭，下午的兴事是敲年锣鼓。镇上备有锣鼓的人家不很多，但是各坊都有一二处。我家也有一副，是我的欢喜及时行乐的祖母所置备的。平日深藏在后楼，每逢新年，拿到店堂里来供人演奏。元旦的下午，大街小巷，鼓乐之声遥遥相应。现在回想，这种鼓乐最宜用为太平盛世的点缀。丝竹管弦之音固然幽雅，但其性质宜于少数人的清赏，非大众的。最富有大众性的乐器，莫如打乐（打击乐器）。俗语云："锣鼓响，脚底痒。"因为这是最富有对大众的号召力的乐器。打乐之中，除大锣鼓外，还有小锣，班鼓，檀板，大铙钹，小铙钹等，都是不能演奏旋律的乐器。因此奏法也很简单，只是同样的节奏的反复，不过在轻重缓急之中加以变化而已。像我，十来岁的孩子，略略受人指导也能自由地参加新年的鼓乐演奏。一切音乐学习，无如这种打乐之容易速成者。这大概也是完成其大众性的一种条件吧。这种浩荡的音节，都是暗示昂奋的，华丽的，盛大的。在近处听这种音节时，听者的心会忙着和它共鸣，无暇顾到他事。好静的人所以讨厌打乐，也是为此。从远处听这种音节，似觉远方举行着热闹的盛会，不由你的心不向往。好群的人所以要脚底痒者，也正是为此。试想：我们二个数百户的小镇同时响出好几处的浩荡的鼓乐来，云中的仙人听到了，也不得不羡慕我们这班盛世黎民的欢乐呢。

新年的晚上，我们又可从花炮享受种种的眼福。最好看的是放万花筒。这往往是大人们发起而孩子们热烈赞成的。大人们一到新年，似乎袋里有的都是闲钱。逸兴到时，斥两百文购大万花筒三个，摆在河岸一齐放将起来。河水反照着，映成六株开满银花的火树，这般光景真像美丽的梦境。东岸上放万花筒，西岸上的豪侠少年岂肯袖手旁观呢？势必响应在对岸上也放起一套来。继续起来的就变花样。或者高高地放几十个流星到天空中，更引起远处的响应，或者放无数雪炮，隔河作战。闪光满目，欢呼之声盈耳，火药的香气弥漫在夜天的空气中。当这时候，全镇的男女老幼，大家一致兴奋地追求欢乐，似乎他们都是以游戏为职业的。独有爆竹业的人，工作特别多忙。一新年中，全镇上此项消费为数不小呢：送灶过年，接灶，接财神，安灶……每次斋神，每家总要放四个斤炮，数百鞭炮。此外万花筒，流星，雪炮等观赏的消耗，更无限制。我的邻家是业爆竹的。我幼时对于爆竹店，比其余一切地方都亲近。自年关附近至新年完了，差不多每天要访问爆竹店一次。这原是孩子们的通好，不过我特别热心。我曾把鞭炮拆散来，改制成无数的小万花筒，其法将底下的泥挖出，将头上的引火线拔下来插入泥孔中，倒置在水槽边上燃放起来，宛如新年夜河岸上的光景。虽然简陋，但神游其中，不妨想像得比河岸上的光景更加壮丽。这种火的游戏只限于新年内举行，平日是不被许可的。因此火药气与新年，在我的感觉上有不可分离的联关。到现在，偶尔闻到火药气时，我还能立刻联想到新年及儿时的欢乐呢。

二十多年来，我或为负笈，或为糊口，频频离开故乡。上述的种种新年的点缀，在这二十多年间无形无迹地渐渐消灭起来。等到最近数年前我重归故乡息足的时候，万事皆非昔比，新年已不像"新年"了。第一，经济衰落与农村破产凋敝了全镇的商业。使商店难于立足，不敢放账，年夜里早已没有携了灯笼幢幢往来收账的必要了。第二，阴历与阳历的并存扰乱了新年的定标，模糊了新年的存在。阳历新年多数人没有娱乐的勇气，阴历新年又失了娱乐的正当性，于是索性废止娱乐。我们可说每年得逢两度新年，但也可说一度也没有逢，似乎新年也被废止了。第三，多数的人生活局促，衣食且不给，遑论新年与娱乐？故现在的除夜，大家早早关门睡觉，几与平日无异。现在的新年，难得再闻鼓乐之声。现在的爆竹店，只卖几个迷信的实用上所不可缺的鞭炮，早已失去了娱乐品商店的性质。况且战乱频仍，这种迷信的实用有时也被禁，爆竹商的存在亦已岌岌乎了。

我们的新年，因了阴阳历的并存而不明确，复因了民生的疾苦而无生气，实在是我们的生活趣味上的一大缺憾！我不希望开倒车回复二十多年前的儿时，但希望每年有个像"新年"的新年，以调剂一年来工作的辛苦，恢复一年来工作的疲劳。我想这像"新年"的新年一定存在着，将来总有一天会来到的。

廿四（1935）年十二月十三日作，曾载《宇宙风》

新年小感①

　　我自从有知以来，已经过了四十几个新年。我觉得新年之乐，好像一支蜡烛，越点越短。点了四十几年，只剩下一段蜡烛芯子，横卧在一摊蜡烛油里，明灭残光，眼见得就要消逝了！

　　我儿时，新年是一年中最快乐的时期。快乐的原因，在于个个人闲，个个人新，个个人快乐。从元旦起，真好比天上换了一个新太阳，人间换了一种新的空气。

　　我家是开染坊店的。一年四季，早上拔开店板，晚上装上店板；白天主顾来往，晚上店员睡觉，不容我们儿童去打扰的。只有到了元旦，店板白天也不开，只在中间拔去一块板，使天光照进店堂，店堂就变了儿童和大人们的游戏场了。店员个个空闲，吃饱了饭，和我们儿童一起游戏，打年锣鼓，掷骰子，推牌九，踢毽子，放炮竹，捉迷藏……邻家的人，亲戚家的人，大大小小，都可参加，来者不拒。从这天起，人与人之间的关系似乎另换了一套：一向板脸的管账先生，如今也把嘴

———————————
　　①　本篇曾载《大美晚报》。——编者注

巴拉开，来同我们掷骰子了。一向拒绝小孩子到店堂里来的伙计，如今也卷起袖子，来帮我们放爆竹了。甚至一向要骂小孩子的隔壁的老爹爹，也露出了两三颗牙齿，来和我们打锣鼓了。这样的狂欢，一直延续半个月。

走到街上，家家闭户，店店关门，好似紧急警报中。但见满街穿新衣的人，红红绿绿，花花样样，大大小小，男男女女，没有一个人的嘴巴不拉开，没有一个人的袋里没有钱。茶馆里，酒店里，烧卖摊上，拥挤着许多新衣服，望过去好像油画家的调色板。老头子都穿着闪亮的天青缎子马褂，在街上踱方步。老太婆都穿红绸棉袄，上面罩一件翠蓝短衫，底下露出一大段红绸，招摇过市。乡村里的女人，这一天全体动员，浮出在大街上；个个身上裹着折印很明显的新衣裳，脸上的香粉涂得同戏台上的曹操一样白。青年小伙子们穿着最时髦的一字襟背心，花缎袍子，游蜂浪蝶似的东来西去，贪看粉白黛绿，评量环肥燕瘦。女人们在这一天特别大方，"目眙不禁，握手无罚"。总之，所有的人，在元旦这一天，不是做人而是做戏了。这样的做戏，一直延续半个月。

一年一度，这样的戏剧性狂欢，在人生实在是很需要的。好比一支乐曲，有了节奏，有了变化，趣味丰富得多。可惜四十年来，因了政治不清明，社会组织不良，弄得民不聊生。新年的欢乐，到现在已经不绝如缕了。我不想开倒车，回到古昔；我但望有另一种合于现代人生的新的节奏，新的变化，来调剂我们年中生活的沉闷。目前的人的生活，尤其是都会人的生活，实在太枯燥了，太缺乏戏剧的成分了。三百六十六日，天天同样，孜孜兀兀，一直到死，这人生岂不太单调，太机械，太不像"人生"吗？

然而人生总是人生。人生的幸福可由人自己制造出来。物极必反。人生苦到了极点，必定会得福。好比长夜必定会天亮一样。新年之乐的蜡烛已经快点完了。不要可惜已经点去的部分，还是设法换一枝新的更长大的蜡烛；最好换一盏长明灯，光明永远不熄。

卅六（1947）年十二月廿五日于杭州

第二辑

人性的体认

天地间最健全的心眼，只是孩子们的所有物，世间事物的真相，只有孩子们能最明确、最完全地见到。

告母性①

——代序

世间做母亲的夫人们！我要称赞你们的幸福与权威：人间最富有灵气的是孩子，而你们得与孩子为侣，幸福何其深！世间最尊贵的是人，而你们得为人的最初的导师，权威何其大！

你们的孩子，不是常常认真地对你们提出不可能的要求的么？例如要你们给他捉月亮，要你们给他摘星，要唤回飞去的小鸟，要呼醒已死的小猫，这等在我们是不可能的事，然而他们认真地要求，志在必得地要求！甚至用放声大哭来要求。可知这明明是他们的真实的热情。在他们的心境中，这等事都可能——认真可能，所以认真地提出要求。故他们的心境，比我们的广大自由得多。我们千万不要笑他们为童稚的痴态，你该责备我们自己的褊狭！他们是能支配造物的，绝非匍匐在地上而为现实的奴隶的我们所可比。

你们的孩子，不是常常热中于弄烂泥，骑竹马，折纸鸟，

---

① 本篇是1927年11月上海开明书店初版《孩子们的音乐》（日本田边尚雄著，丰子恺译）的序言，最后一段因所叙属书中具体内容，故此删去。

抱泥人的么？他们把全副精神贯注在这等游戏中，兴味浓酣的时候，冷风烈日之下也不感其苦，把吃饭都忘却。试想想看，他们为什么这样热中？与农夫的为收获而热中于耕耘，木匠的为工资而热中于斧斤，商人的为财货而热中于买卖，政客的为势利而热中于奔走，是同性质的么？不然，他们没有目的，无所为，无所图。他们为游戏而游戏，手段就是目的，即所谓"自己目的"，这真是艺术的！他们不计利害，不分人我；即所谓"无我"，这真是宗教的！慎勿轻轻地斥他们为"儿戏"！此间大人们一切活动，都是有目的的，都是为利己的，都是卑鄙龌龊的，安得像他们的游戏的纯洁而高贵呢！

你们的孩子，不是常常与狗为友，对猫说故事，为泥人啼笑，或者不问物的所有主，擅取邻儿的东西，或把自己家里的东西送给他人的么？宇宙万物，在他们看来原是平等的，一家的。天地创造的本意，宇宙万物原是一家人，人与狗的阶级，物与我的区别，人与己的界限……这等都是后人私造的。钻进这世网而信受奉行这等私造的东西，至死不能脱身的大人，其实是很可怜的、奴隶的"小人"；而物我无间，一视同仁的孩子们的态度，真是所谓"大人"了。

夫人们！这不是虚饰或夸张的话，请各拿出本心来，于清夜细思，一定可以相信天地的灵气独钟于孩子。而他们天天傍在你们的身边，夜夜睡在你们的怀里。你们的幸福何其深呢！

孩子是未来的大人，是未来的世界的主人翁。然而他们的心是遗物的支配者，本来不预备到这世间来做人。所以如前所述，他们不谙这世间的种种情况。最初指导他们的，便是你们。他们惊讶这世间乍明乍暗，你们教之曰"这是昼夜"；惊讶这人类乍有乍无，你们教之曰"这是生死"。渐至山川，草木，禽兽，鱼虫，种种知识，最初无不由你们传授。善恶，邪正，美丑，优劣等种种意见，最初无不由你们养成。他们堕地的时候，对于这世间毫无成见，犹之一张白纸，最初在这白纸上涂色的，是你们。这最初的色是后来所添的一切色的底子，基础。你们现在的教训，便是预定他们将来的人格的。你们现在的指示，便是预定将来这世界的方针的。人类，世界，在你们的掌握中。你们的权威何其大呢！

世间做母亲的夫人们！所以我要称赞你们的幸福与权威！

然而夫人们！幸福越深，权威越大，母亲越难做！人类的母亲特别难做，不比做牛类，羊类，猪类，狗类的母亲的容易。牛，羊，猪，狗的母亲，只要喂乳，或者乳也不必喂，只要生出，就可毕母亲的能事。做人类的母亲，决不那样简单。因为人类有文化，有精神，有灵感，不但一个肉躯而已。大智，大慧，大圣，大贤，与夫恶徒，白痴，奴隶，走狗，所负的躯体是一样的，所异者只是一个心。主宰这个心的最初的方向的，是夫人们！你们现在的教训，是预定他们将来的人格的；你们现在的指示，是预定这世界的将来的方针的。所以要当心：现在的灯前小语，已经种下将来立己达人，或杀身祸世的根苗；而现在的举手投足，也许埋伏着将来的国家的革命，世界的变迁的动机呢！母亲的责任何其大，母亲何等难做！

夫人们！不要害怕，不要灰心！教养孩子的方法很简便。教养孩子，只要教他永远做孩子，即永远不使失却其孩子之心。

孟子说："大人者，不失其赤子之心者也。"所谓赤子之心，就是前文所说的孩子的本来的心。这心是从世外带来的，不是经过这世间的造作后的心。明言之，就是要培养孩子的纯洁无疵，天真烂漫的真心。使成人之后，能动地拿这心来观察世间，矫正世间，不致受动地盲从这世间的已成的习惯，而被世间所结成的罗网所羁绊。故朱子的注解说："大人之心，通达万变，赤子之心，则纯一无伪而已。然大人之所以为大人，正以其不为物诱，而有以全其纯一无伪之本然。是以扩而充之，则无所不知，无所不能，而极其大也。"[1]所谓"通达万变"，所谓"不为物诱"，就是能动地观看这世间，而不受动地盲从这世间。常人抚育孩子，到了渐渐成长，渐渐尽去其痴

---

[1]　见朱熹《孟子集注·离娄章句下》。

呆的童心而成为大人模样的时代，父母往往喜慰；实则这是最可悲哀的现状！因为这是尽行放失其赤子之心，而为现世的奴隶了。

要收回这赤子之心，用"教育"的一种方法。故教育的最大的使命，非在于挽回这赤子之心不可。孟子又说："学问之道无他，求其放心而已矣。"所谓放心者，就是放失了的赤子之心。夫人们是孩子的赤子之心未放失时的最初的教育者，只要为之留意保护，培养，岂不是很简便的么？

大人们的一切事业与活动，大都是卑鄙的；其能庶几仿佛于儿童这个尊贵的"赤子之心"的，只有宗教与艺术。故用宗教与艺术来保护，培养他们这赤子之心，当然最为适宜。从小教以宗教的信仰，出世的思想，勿使其全心固着于地面，则眼光高远，志气博大，即为"大人"。否则，至少从小教以艺术的趣味。音乐，绘画，诗歌，能洗刷心的尘翳，使显出片刻的明净。即艺术能提人之神于太虚，使人得看清楚世界的真相，人生的正路，而不致沉沦，摸索于下面的暗中了。

然而夫人们！这工作全凭你们来做，是你们所独有的事业与功绩。所以我仍是要称赞你们的幸福与权威。

十六（1927）年九月二十六日
子恺三十年诞辰写于江湾缘缘堂

儿 女

回想四个月以前，我犹似押送囚犯，突然地把小燕子似的一群儿女从上海的租寓中拖出，载上火车，送回乡间，关进低小的平屋中。自己仍回到上海的租界中，独居了四个月。这举动究竟出于甚么旨意，本于甚么计划，现在回想起来，连自己也不相信。其实旨意与计划，都是虚空的，自骗自扰的，实际于人生有甚么利益呢？只赢得世故尘劳，做弄几番欢愁的感情，增加心头的创痕罢了！

当时我独自回到上海，走进空寂的租寓，心中不绝地浮起这两句"楞严"经文："十方虚空在汝心中，犹如白云点太清里；况诸世界在虚空耶！"

晚上整理房室，把剩在灶间里的篮钵、器皿、余薪、余米，以及其他三年来寓居中所用的家常零星物件，尽行送给来帮我做短工的、邻近的小店里的儿子。只有四双破旧的小孩子的鞋子（不知为甚么缘故），我不送掉，拿来整齐地摆在自己的床下，而且后来看到的时候常常感到一种无名的愉快。直到好几天之后，邻居的友人过来闲谈，说起这床下的小鞋子阴气迫人，我方始悟到自己的痴态，就把它们拿掉了。

朋友们说我关心儿女。我对于儿女的确关心，在独居中更常有悬念的时候。但我自以为这关心与悬念中，除了本能以外，似乎尚含有一种更强的加味。所以我往往不顾自己的画技与文笔的拙陋，动辄描摹。因为我的儿女都是孩子们，最年长的不过九岁，所以我对于儿女的关心与悬念中，有一部分是对于孩子们——普天下的孩子们——的关心与悬念。他们成人以后我对他们怎样？现在自己也不能晓得，但可推知其一定与现在不同，因为不复含有那种加味了。

　　回想过去四个月的悠闲宁静的独居生活，在我也颇觉得可恋，又可感谢。然而一旦回到故乡的平屋里，被围在一群儿女的中间的时候，我又不禁自伤了。因为我那种生活，或枯坐、默想，或钻研、搜求，或敷衍、应酬，比较起他们的天真、健全、活跃的生活来，明明是变态的，病的，残废的。

　　有一个炎夏的下午，我回到家中了。第二天的傍晚，我领了四个孩子——九岁的阿宝、七岁的软软、五岁的瞻瞻、三岁的阿韦——到小院中的槐荫下，坐在地上吃西瓜。夕暮的紫色中，炎阳的红味渐渐消减，凉夜的青味渐渐加浓起来。微风吹动孩子们的细丝一般的头发，身体上汗气已经全消，百感畅快的时候，孩子们似乎已经充溢着生的欢喜，非发泄不可了。最初是三岁的孩子的音乐的表现，他满足之余，笑嘻嘻摇摆着身子，口中一面嚼西瓜，一面发出一种像花猫偷食时候的"ngam ngam"的声音来。这音乐的表现立刻唤起了五岁的瞻瞻的共鸣，他接着发表他的诗："瞻瞻吃西瓜，宝姊姊吃西瓜，软软吃西瓜，阿韦吃西瓜。"这诗的表现又立刻引起了七岁与九岁的孩子的散文的、数学的兴味，他们立刻把瞻瞻的诗句的意义归纳起来，报告其结果："四个人吃四块西瓜。"

于是我就做了评判者，在自己心中批判他们的作品。我觉得三岁的阿韦的音乐的表现最为深刻而完全，最能全般表出他的欢喜的感情。五岁的瞻瞻把这欢喜的感情翻译为（他的）诗，已打了一个折扣；然尚带着节奏与旋律的分子，犹有活跃的生命流露着。至于软软与阿宝的散文的、数学的、概念的表现，比较起来更肤浅一层。然而看他们的态度，全部精神没入在吃西瓜的一事中，其明慧的心眼，比大人们所见的完全得多。天地间最健全的心眼，只是孩子们的所有物，世间事物的真相，只有孩子们能最明确、最完全地见到。我比起他们来，真的心眼已经被世智尘劳所蒙蔽，所斫丧，是一个可怜的残废者了。我实在不敢受他们"父亲"的称呼，倘然"父亲"是尊崇的。

我在平屋的南窗下暂设一张小桌子，上面按照一定的秩序而布置着稿纸、信笺、笔砚、墨水瓶、糨糊瓶、时表和茶盘等，不喜欢别人来任意移动，这是我独居时的惯癖。我——我们大人——平常的举止，总是谨慎、细心、端详、斯文。例如磨墨，放笔，倒茶等，都小心从事，故桌上的布置每日依然，不致破坏或扰乱。因为我的手足的筋觉已经由于屡受物理的教训而深深地养成一种谨惕的惯性了。然而孩子们一爬到我的案上，就捣乱我的秩序，破坏我的桌上的构图，毁损我的器物。他们拿起自来水笔来一挥，洒了一桌子又一衣襟的墨水点；又把笔尖蘸在糨糊瓶里。他们用劲拔开毛笔的钢笔套，手背撞翻茶壶，壶盖打碎在地板上……这在当时实在使我不耐烦，我不免哼喝他们，夺脱他们手里的东西，甚至批他们的小颊。然而我立刻后悔：哼喝之后立刻继之以笑，夺了之后立刻加倍奉还，批颊的手在中途软却，终于变批为抚。因为我立刻自悟其非：我要求孩子们的举止同我自己一样，何其乖谬！我——我们大人——的举止谨惕，是为了身体手足的筋觉已经受了种种现实的压迫而痉挛了的缘故。孩子们尚保有天赋的健全的身手与真朴活跃的元气，岂像我们的穷屈？揖让、进退、规行、矩步等大人们的礼貌，犹如刑具，都是戕贼这天赋的健全的身手的。于是活跃的人逐渐变成了手足麻痹、半身不遂的残废者。残废者要求健全者的举止同他自己一样，何其乖谬！

儿女对我的关系如何？我不曾预备到这世间来做父亲，故心中常是疑惑不明，又觉得非常奇怪。我与他们（现在）完全是异世界的人，他们比我聪明，健全得多；然而他们又是我所生的儿女。这是何等奇妙的关系！世人以膝下有儿女为幸福，希望以儿女永续其自我，我实在不解他们的心理。我以为世间人与人的关系，最自然最合理的莫如朋友。君臣、父子、昆弟、夫妇之情，在十分自然合理的时候都不外乎是一种广义的友谊。所以朋友之情,实在是一切人情的基础。"朋,同类也"。并育于大地上的人,都是同类的朋友,共为大自然的儿女。世间的人,忘却了他们的大父母,而只知有小父母,以为父母能生儿女,儿女为父母所生,故儿女可以永续父母的自我,而使之永存。于是无子者叹天道之无知,子不肖者自伤其天命,而狂进杯中之物,其实天道有何厚薄于其齐生并育的儿女!我真不解他们的心理。

近来我的心为四事所占据了:天上的神明与星辰,人间的艺术与儿童,这小燕子似的一群儿女,是在人世间与我因缘最深的儿童,他们在我心中占有与神明、星辰、艺术同等的地位。

1928年夏作于石门湾平屋

给我的孩子们

　　我的孩子们！我憧憬于你们的生活，每天不止一次！我想委曲地说出来，使你们自己晓得。可惜到你们懂得我的话的意思的时候，你们将不复是可以使我憧憬的人了。这是何等可悲哀的事啊！

　　瞻瞻！你尤其可佩服。你是身心全部公开的真人。你什么事体都像拼命地用全副精力去对付。小小的失意，像花生米翻落地了，自己嚼了舌头了，小猫不肯吃糕，你都要哭得嘴唇翻白，昏去一两分钟。外婆去普陀烧香买回来给你的泥人，你何等鞠躬尽瘁地抱他，喂他；有一天你自己失手把他打破了，你的号哭的悲哀，比大人们的破产，失恋，broken heart①，丧考妣，全军覆没的悲哀都要真切。两把芭蕉扇做的脚踏车，麻雀牌堆成的火车，汽车，你何等认真地看待，挺直了嗓子叫"汪——" "咕咕咕……" 来代替汽油。宝姊姊讲故事给你听，说到"月亮姊姊挂下一只篮来，宝姊姊坐在篮里吊了上去，瞻瞻在下面看"的时候，你何等激昂地同她争，说"瞻瞻

---

　　① 极度伤心。

要上去，宝姊姊在下面看"！甚至哭到漫姑面前去求审判。我每次剃了头，你真心地疑我变了和尚，好几时不要我抱。最是今年夏天，你坐在我膝上发见了我腋下的长毛，当作黄鼠狼的时候，你何等伤心，你立刻从我身上爬下去，起初眼睁睁地对我端相，继而大失所望地号哭，看看，哭哭，如同对被判定了死罪的亲友一样。你要我抱你到车站里去，多多益善地要买香蕉，满满地擒了两手回来，回到门口时你已经熟睡在我的肩上，手里的香蕉不知落在那里去了。这是何等可佩服的真率，自然，与热情！大人间的所谓"沉默""含蓄""深刻"的美德，比起你来，全是不自然的，病的，伪的！

你们每天做火车，做汽车，办酒，请菩萨，堆六面画，唱歌，全是自动的，创造创作的生活。大人们的呼号——"归自然！""生活的艺术化！""劳动的艺术化！"在你们面前真是出丑得很了！依样画几笔画，写几篇文的人称为艺术家，创作家，对你们更要愧死！

你们的创作力，比大人真是强盛得多哩。瞻瞻！你的身体不及椅子的一半，却常常要搬动它，与它一同翻倒在地上；你又要把一杯茶横转来藏在抽斗里，要皮球停在壁上，要拉住火车的尾巴，要月亮出来，要天停止下雨。在这等小小的事件中，明明表示着你们的弱小的体力与智力不足以应付强盛的创作欲，表现欲的驱使，因而遭逢失败。然而你们是不受大自然的支配，不受人类社会的束缚的创造者，所以你的遭逢失败，例如火车尾巴拉不住，月亮呼不出来的时候，你们决不承认是事实的不可能，总以为是爹爹妈妈不肯帮你们办到，同不许你们弄自鸣钟同例，所以愤愤地哭了，你们的世界何等广大！

你们一定想：终天无聊地伏在案上弄笔的爸爸，终天闷闷地坐在窗下弄引线的妈妈，是何等无气性的奇怪的动物！你们所视为奇怪动物的我与你们的母亲，有时确实难为了你们，摧残了你们，回想起来，真是不安心得很！

阿宝！有一晚你拿软软的新鞋子，和自己脚上脱下来的鞋子，给凳子的脚穿了，划袜立在地上，得意地叫"阿宝两只脚，凳子四只脚"的时候，你母亲喊着"龌龊了袜子！"，立刻擒你到藤榻上，动手毁坏你的创作。当你蹲在榻上注视你母亲动手毁坏的时候，你的小心里一定感到"母亲这种人，何等煞风景而野蛮"罢！

瞻瞻！有一天开明书店送了几册新出版的毛边的《音乐入门》来。我用小刀把书页一张一张地裁开来，你侧着头，站在桌边默默地看。后来我从学校回来，你已经在我的书架上拿了一本连史纸印的中国装的《楚辞》，把它裁破了十几页，得意地对我说："爸爸！瞻瞻也会裁了！"瞻瞻！这在你原是何等成功的欢喜，何等得意的作品，却被我一个惊骇的"哼！"字喊得你哭了。那时候你也一定抱怨"爸爸何等不明"罢！

软软！你常常要弄我的长锋羊毫，我看见了总是无情地夺脱你。现在你一定轻视我，想道："你终于要我画你的画集的封面！"

　　最不安心的，是有时我还要拉一个你们所最怕的陆露沙医生来，教他用他的大手来摸你们的肚子，甚至用刀来在你们臂上割几下，还要教妈妈和漫姑擒住了你们的手脚，捏住了你们的鼻子，把很苦的水灌到你们的嘴里去。这在你们一定认为太无人道的野蛮举动罢！

　　孩子们！你们果真抱怨我，我倒欢喜；到你们的抱怨变为感谢的时候，我的悲哀来了！

　　我在世间，永没有逢到像你们这样出肺肝相示的人。世间的人群结合，永没有像你们样的彻底地真实而纯洁。最是我到上海去干了无聊的所谓"事"回来，或者去同不相干的人们做了叫做"上课"的一种把戏回来，你们在门口或车站旁等我的时候，我心中何等惭愧又欢喜！惭愧我为什么去做这等无聊的事，欢喜我又得暂时放怀一切地加入你们的真生活的团体。

　　但是，你们的黄金时代有限，现实终于要暴露的。这是我经验过来的情形，也是大人们谁也经验过的情形。我眼看见儿时的伴侣中的英雄、好汉，一个个退缩，顺从，妥协，屈服起来，到像绵羊的地步。我自己也是如此。"后之视今，亦犹今之视昔"，你们不久也要走这条路呢！

　　我的孩子们！憧憬于你们的生活的我，痴心要为你们永远挽留这黄金时代在这册子里。然这真不过像"蜘蛛网落花"，略微保留一点春的痕迹而已。且到你们懂得我这片心情的时候，你们早已不是这样的人，我的画在世间已无可印证了！这是何等可悲哀的事啊！

《子恺画集》代序，1926年耶诞节

从孩子得到的启示

晚上喝了三杯老酒，不想看书，也不想睡觉，捉一个四岁的孩子华瞻来骑在膝上，同他寻开心。我随口问：

"你最喜欢甚么事？"

他仰起头一想，率然地回答：

"逃难。"

我倒有点奇怪："逃难"两字的意义，在他不会懂得，为甚么偏偏选择它？倘然懂得，更不应该喜欢了。我就设法探问他：

"你晓得逃难就是甚么？"

"就是爸爸、妈妈、宝姊姊、软软……娘姨，大家坐汽车，去看大轮船。"

啊！原来他的"逃难"的观念是这样的！他所见的"逃难"，是"逃难"的这一面！这真是最可喜欢的事！

一个月以前，上海还属孙传芳的时代，国民革命军将到上海的消息日紧一日，素不看报的我，这时候也订一份《时事新报》，每天早晨看一遍。有一天，我正在看昨天的旧报，等候今天的新报的时候，忽然上海方面枪炮声响了，大家惊惶失色，立刻约了邻人，扶老携幼地逃到附近江湾车站对面的妇孺救济会里去躲避。其实倘然此地果真进了战线，或到了败兵，妇孺救济会也是不能救济的。不过当时张皇失措，有人提议这办法，大家就假定它为安全地带，逃了进去。那里面地方很大，有花园、假山、小川、亭台、曲栏、长廊、花树、白鸽，孩子们一进去，登临盘桓，快乐得如入新天地了。忽然兵车在墙外轰过，上海方面的机关枪声、炮声，愈响愈近，又愈密了。大家坐定之后，听听，想想，方才觉得这里也不是安全地带，当初不过是自骗罢了。有决断的人先出来雇汽车逃往租界。每走出一批人，留在里面的人增一次恐慌。我们集合邻人来商议，也决定出来雇汽车，逃到杨树浦的沪江大学。于是立刻把小孩子们从假山中、栏杆内捉出来，装进汽车里，飞奔杨树浦了。

所以决定逃到沪江大学者，因为一则有邻人与该校熟识，二则该校是外国人办的学校，较为安全可靠。枪炮声渐远渐弱，到听不见了的时候，我们的汽车已到沪江大学。他们安排一个房间给我们住，又为我们代办膳食。傍晚，我坐在校旁的黄浦江边的青草堤上，怅望云水遥忆故居的时候，许多小孩子采花、卧草，争看无数的帆船、轮船的驶行，又是快乐得如入新天地了。

次日，我同一邻人步行到故居来探听情形的时候，青天白日的旗子已经招展在晨风中，人人面有喜色，似乎从此可庆承平了。我们就雇汽车去迎回避难的眷属，重开我们的窗户，恢复我们的生活。从此"逃难"两字就变成家人的谈话的资料。

这是"逃难"。这是多么惊慌、紧张而忧患的一种经历！

然而人物一无损丧，只是一次虚惊；过后回想，这回好似全家的人突发地出门游览两天。我想假如我是预言者，晓得这是虚惊，我在逃难的时候将何等有趣！素来难得全家出游的机会，素来少有坐汽车、游览、参观的机会。那一天不论时，不论钱，浪漫地、豪爽地、痛快地举行这游历，实在是人生难得的快事！只有小孩子真果感得这快味！他们逃难回来以后，常常拿香烟簏子来叠作栏杆、小桥、汽车、轮船、帆船；常常问我关于轮船、帆船的事；墙壁上及门上又常常有有色粉笔画的轮船、帆船、亭子、石桥的壁画出现。可见这"逃难"，在他们脑中有难忘的欢乐的印象。所以今晚我无端地问华瞻最欢喜甚么事，他立刻选定这"逃难"。原来他所见的，是"逃难"的这一面。

不止这一端：我们所打算，计较，争夺的洋钱，在他们看来个个是白银的浮雕的胸章；仆仆奔走的行人，扰扰攘攘的社会，在他们看来都是无目的地在游戏，在演剧；一切建设，一切现象，在他们看来都是大自然的点缀，装饰。

唉！我今晚受了这孩子的启示：他能撤去世间事物的因果关系的网，看见事物的本身的真相。我在世智尘劳的实生活中，也应该懂得这撤网的方法，暂时看看事物本身的真相。唉，我要向他学习！

1926年

儿　戏

　　楼下忽然起了一片孩子们暴动的声音。他们的娘高声喊着："两只雄鸡又在斗了，爸爸快来劝解！"我不及放下手中的报纸，连忙跑下楼来。

　　原来是两个男孩在打架：六岁的元草要夺九岁的华瞻的木片头，华瞻不给，元草哭着用手打他的头；华瞻也哭着，双手擎起木片头，用脚踢元草的腿。

　　我放下报纸，把身体插入两孩子的中间，用两臂分别抱住了两孩子，对他们说："不许打！为的啥事体？大家讲！"元草竭力想摆脱我的手臂而向对方进攻，一面带哭带嚷地说："他不肯给我木片头！他不肯给我木片头！"似乎这就是他打人的正当理由。华瞻究竟比他大了三岁，最初静伏在我的臂弯里，表示不抵抗而听我调解，后来吃着口声辩："这些木片头原是我的！他要夺，我不给，他就打我！"元草用哭声接着说："他踢我！"华瞻改用直接交涉，对着他说："你先打！"在旁作壁上观的宝姊姊发表意见："轻句还重句，先打呒道理！"背后另一人又发表一种舆论："君子开口，小人动手！"我未及下评判，元草已猛力退出我的手臂，突然向对方袭击。他们的娘看我排解无效，赶过来将元草擒去，抱在怀里，用甘言骗住他。我也把华瞻抱在怀里，用话抚慰他。两孩子分别占据了两亲的怀里，暴动方始告终。这时候，"五香……豆腐干"的叫声在后门外亲切地响着，把脸上挂着眼泪的两孩子一齐从我们的怀里叫了出去。我拿了报纸重回楼上去的时候，已听到他们复交后的笑谈声了。

但我到了楼上，并不继续看报。因为我看刚才的事件，觉得比看报上的国际纷争直截明了得多。我想：世间人与人的对待，小的是个人对个人，大的是团体对团体。个人对待中最小的是小孩对小孩，团体对待中最大的是国家对国家。在文明的世间，除了最小的和最大的两极端而外，人对人的交涉，总是用口的说话来讲理，而不用身体的武力来相打的。例如要掠夺，也必用巧妙的手段；要侵占，也必立巧妙的名义：所谓"攻击"也只是辩论，所谓"打倒"也只是叫喊。故人对人虽怀怨害之心，相见还是点头握手，敷衍应酬。虽然也有用武力的人，但"君子开口，小人动手"，开化的世间是不通行用武力的。其中惟有最小的和最大的两极端不然：小孩对小孩的交涉，可以不讲理，而通行用武力来相打；国家对国家的交涉，也可以不讲理，而通行用武力来战争。战争就是大规模的相打。可知凡物相反对的两极端相通似，或相等。国际的事如儿戏或等于儿戏。

1932年

蝌　蚪

一

　　每度放笔，凭在楼窗上小憩的时候，望下去看见庭中的花台的边上，许多花盆的旁边，并放着一只印着蓝色图案模样的洋瓷面盆。我起初看见的时候，以为是洗衣物的人偶然寄存着的。在灰色而简素的花台的边上，许多形式朴陋的瓦质的花盆的旁边，配置一个机械制造而施着近代风图案的精巧的洋瓷面盆，绘画地看来，很不调和。假如眼底展开着的是一张画纸，我颇想找块橡皮来揩去它。

　　一天，二天，三天，洋瓷面盆尽管放在花台的边上。这表示不是它偶然寄存，而负着一种使命。晚快凭窗欲眺的时候，看见放学出来的孩子们聚在墙下拍皮球。我欲知道洋瓷面盆的意义，便提出来问他们。才知道这面盆里养着蝌蚪，是春假中他们向田里捉来的。我久不来庭中细看，全然没有知道我家新近养着这些小动物；又因面盆中那些蓝色的图案，细碎而繁多，蝌蚪混迹于其间，我从楼窗上望下去，全然看不出来。蝌蚪是我儿时爱玩的东西，又是学童时代在教科书里最感兴味的东西，说起了可以牵惹种种的回想，我便专诚下楼来看它们。

洋瓷面盆里盛着大半盆清水，瓜子大小的蝌蚪十数个，抖着尾巴，急急忙忙地游来游去，好像在找寻甚么东西。孩子们看见我来欣赏他们的作品，大家围集拢来，得意地把关于这作品的种种话告诉我：

"这是从大井头的田里捉来的。"

"是清明那一天捉来的。"

"我们用手捧了来的。"

"我们天天换清水的呀。"

"这好像黑色的金鱼。"

"这比金鱼更可爱！"

"它们为什么不绝地游来游去？"

"它们为什么还不变青蛙？"

他们的疑问把我提醒，我看见眼前这盆玲珑活泼的小动物，忽然变成了一种苦闷的象征。

我见这洋瓷面盆仿佛是蝌蚪的沙漠。它们不绝地游来游去，是为了找寻食物。它们的久不变成青蛙，是为了不得其生活之所。这几天晚上，附近田里蛙鼓的合奏之声，早已传达到我的床里了。这些蝌蚪倘有耳，一定也会听见它们的同类的歌声。听到了一定悲伤，每晚在这洋瓷面盆里哭泣，亦未可知！它们身上有着泥土水草一般的保护色，它们只合在有滋润的泥土，丰肥的青苔的水田里生活滋长。在那里有它们的营养物，有它们的安息所，有它们的游乐处，还有它们的大群的伴侣。现在被这些孩子们捉了来，关在这洋瓷面盆里，四周围着坚硬的洋铁，全身浸着淡薄的白水，所接触的不是同运命的受难者，便是冷酷的珐琅质。任凭它们镇日急急忙忙地游来游去，终于找不到一种保护它们，慰安它们，生息它们的东西。这在它们是一片渡不尽的大沙漠，它们将以幼虫之身，默默地夭死在这洋瓷面盆里，没有成长变化，而在青草池塘中唱歌跳舞的欢乐的希望了。

这是苦闷的象征，这是象征着某种生活之下的人的灵魂！

二

我劝告孩子们："你们只管把蝌蚪养在洋瓷面盆中的清水里，它们不得充分的养料和成长的地方，永远不能变成青蛙，将来统统饿死在这洋瓷面盆里！你们不要当它们金鱼看待！金鱼原是鱼类，可以一辈子长在水里；蝌蚪是两栖类动物的幼虫，它们盼望长大，长大了要上陆，不能长居水里。你看它们急急忙忙地游来游去，找寻食物和泥土，无论如何也找不到，样子多么可怜！"

孩子们被我这话感动了，罄蹙地向洋瓷面盆里看。有几人便问我："那么，怎么好呢？"

我说："最好是送它们回家——拿去倒在田里。过几天你们去探访，它们都已变成青蛙，'哥哥，哥哥'地叫你们了。"

孩子们都欢喜赞成，就有两人抬着洋瓷面盆，立刻要送它们回家。

我说："天将晚了，我们再留它们一夜明天送回去罢。现在走到花台里拿些它们所欢喜的泥来，放在面盆里，可以让它们吃吃，玩玩。也可让它们知道，我们不再虐待它们，我们先当作客人款待它们一下，明天就护送它们回家。"

孩子们立刻去捧泥，纷纷地把泥投进面盆里去。有的人叫着："轻轻地，轻轻地！看压伤了它们！"

不久，洋瓷面盆底里的蓝色的图案都被泥土遮掩。那些蝌蚪统统钻进泥里，一只看不见了。一个孩子寻了好久，锁着眉头说："不要都压死了？"便伸手到水里拿开一块泥来看。但见四个蝌蚪密集在面盆底上的泥的凹洞里，四个头凑在一点，尾巴向外放射，好像在那里共食什么东西，或者共谈什么话。忽然一个蝌蚪摇动尾巴，急急忙忙地游了开去。游到别的一个泥洞里去一转，带了别的一个蝌蚪出来，回到原处。五个人聚在一起，五根尾巴一齐抖动起来，成为五条放射形的曲线，样子非常美丽。孩子们呀呀地叫将起来。我也暂时忘记了自己的年龄，附和着他们的声音呀呀地叫了几声。

随后就有几人异口同声地要求："我们不要送它们回家，我们要养在这里！"我在当时的感情上也有这样的要求；但觉左右为难，一时没有话回答他们，踌躇地微笑着。一个孩子恍然大悟地叫道："好！我们在墙角里掘一个小池塘倒满了水同田里一样，就把它们养在那里。它们大起来变成青蛙，就在墙角里的地上跳来跳去。"大家拍手说"好"！我也附和着说"好"！大的孩子立刻找到种花用的小锄头，向墙角的泥地上去垦。不久，垦成了面盆大的一个池塘。大家说："够大了，够大了！""拿水来，拿水来！"就有两个孩子扛开水缸的盖，用浇花壶提了一壶水来，倾在新开的小池塘里。起初水满满的，后来被泥土吸收，渐渐地浅起来。大家说："水不够，水不够。"小的孩子要再去提水，大的孩子说："不必了，不必了，我们只要把洋瓷面盆里的水连泥和蝌蚪倒进塘里，就正好了。"大家赞成。蝌蚪的迁居就这样地完成了。

夜色朦胧，屋内已经上灯。许多孩子每人带了一双泥手，欢喜地回进屋里去，回头叫着："蝌蚪，再会！""蝌蚪，再会！""明天再来看你们！""明天再来看你们！"一个小的孩子接着说："它们明天也许变成青蛙了。"

三

洋瓷面盆里的蝌蚪，由孩子们给迁居在墙角里新开的池塘里了。孩子们满怀希望，等候着它们变成青蛙。我便怅然地想起了前几天遗弃在上海的旅馆里的四只小蝌蚪。

今年的清明节，我在旅中度送，乡居太久了有些儿厌倦，想调节一下。就在这清明的时节，做了路上的行人，时值春假，一孩子便跟了我走。清明的次日，我们来到上海。十里洋场一看就生厌，还是到城隍庙里去坐坐茶店，买买零星玩意，倒有趣味。孩子在市场的一角看中了养在玻璃瓶里的蝌蚪，指着了要买。出十个铜板买了。后来我用拇指按住了瓶上的小孔，坐在黄包车里带它回旅馆去。

回到旅馆，放在电灯底下的桌子上观赏这瓶蝌蚪，觉得很是别致：这真像一瓶金鱼，共有四只。颜色虽不及金鱼的漂亮，但是游泳的姿势比金鱼更为活泼可爱。当它们游在瓶边上时，我们可以察知它们的实际的大小只及半粒瓜子。但当它们游到瓶中央时，玻璃瓶与水的凸镜的作用把它们的形体放大，变化参差地映入我们的眼中，样子很是好看。而在这都会的旅馆的楼上的五十支光电灯底下看这东西愈加觉得稀奇。这是春日田中很多的东西。要是在乡间，随你要多少，不妨用斗来量。但在这不见自然面影的都会里，不及半粒瓜子大的四只，便已可贵，要装在玻璃瓶内当作金鱼欣赏了，真有些儿可怜。而我们，原是常住在乡间田畔的人，在这清明节离去了乡间而到红尘万丈的中心的洋楼上来鉴赏玻璃瓶里的四只小蝌蚪，自己觉得可笑。这好比富翁舍弃了家里的酒池肉林而加入贫民队里来吃大饼油条；又好比帝王舍弃了上苑三千而到民间来钻穴窥墙。

一天晚上，我正在床上休息的时候，孩子在桌上玩弄这玻璃瓶，一个失手，把它打破了。水泛滥在桌子上，里面带着大大小小的玻璃碎片，蝌蚪躺在桌上的水痕中蠕动，好似涸辙之鱼，演成不可收拾的光景归我来办善后。善后之法，第一要救命。我先拿一只茶杯，去茶房那里要些冷水来，把桌上的四个蝌蚪轻轻地掇进茶杯中，供在镜台上了。然后一一拾去玻璃的碎片，揩干桌子。约费了半小时的扰攘，好容易把善后办完了。去镜台上看看茶杯里的四只蝌蚪，身体都无恙，依然是不绝地游来游去，但形体好像小了些，似乎不是原来的蝌蚪了。以前养在玻璃瓶中的时候，因有凸镜的作用，其形状忽大忽小，变化百出，好看得多。现在倒在茶杯里一看，觉得就只是寻常乡间田里的四只蝌蚪，全不足观。都会真是枪花繁多的地方，寻常之物，一到都会里就了不起。这十里洋场的繁华世界，恐怕也全靠着玻璃瓶的凸镜的作用映成如此光怪陆离。一旦失手把玻璃瓶打破了，恐怕也只是寻常乡间田里的四只蝌蚪罢了。

过了几天，家里又有人来上海玩。我们的房间嫌小了，就改赁大房间。大人，孩子，加以茶房，七手八脚地把衣物搬迁。搬好之后立刻出去看上海。为经济时间计，一天到晚跑在外面，乘车，买物，访友，游玩，少有在旅馆里坐的时候，竟把小房间里镜台上的茶杯里的四只小蝌蚪完全忘却了；直到回家后数天，看到花台边上洋瓷面盆里的蝌蚪的时候，方然忆及。现在孩子们给洋瓷面盆里的蝌蚪迁居在墙角里新开的小池塘里，满怀的希望，等候着它们变成青蛙。我更怅然地想起了遗弃在上海的旅馆里的四只蝌蚪。不知它们的结果如何?

大约它们已被茶房妙生倒在痰盂里,枯死在垃圾桶里了?妙生欢喜金铃子,去年曾经想把两对金铃子养过冬,我每次到这旅馆时,他总拿出他的牛筋盒子来给我看,为我谈种种关于金铃子的话。也许他能把对金铃子的爱推移到这四只蝌蚪身上,代我们养着,现在世间还有这四只蝌蚪的小性命的存在,亦未可知。

然而我希望它们不存在。倘还存在,想起了越是可哀!它们不是金鱼,不愿住在玻璃瓶里供人观赏。它们指望着生长,发展,变成了青蛙而在大自然的怀中唱歌跳舞。它们所憧憬的故乡,是水草丰足,春泥粘润的田畴间,是映着天光云影的青草池塘。如今把它们关在这商业大都市的中央,石路的旁边,铁筋建筑的楼上,水门汀砌的房笼内,瓷制的小茶杯里,除了从自来水龙头上放出来的一勺之水以外,周围都是瓷、砖、石、铁、钢、玻璃、电线和煤烟,都是不适于它们的生活而足以致它们死命的东西。世间的凄凉、残酷和悲惨,无过于此。这是苦闷的象征,这象征着某种生活之下的人的灵魂!

假如有谁来报告我这四只蝌蚪的确还存在于那旅馆中。为了象征的意义,我准拟立刻动身,专赴那旅馆中去救它们出来,放乎青草池塘之中。

1934年4月22日

梦　痕

　　我的左额上有一条同眉毛一般长短的疤。这是我儿时游戏中在门槛上跌破了头颅而结成的。相面先生说这是破相，这是缺陷。但我自己美其名曰"梦痕"。因为这是我的梦一般的儿童时代所遗留下来的唯一的痕迹。由这痕迹可以探寻我的儿童时代的美丽的梦。

　　我四五岁时，有一天，我家为了"打送"（吾乡风俗，亲戚家的孩子第一次上门来作客，辞去时，主人家必做几盘包子送他。名曰"打送"）某家的小客人，母亲，姑母，婶母，和诸姊们都在做米粉包子。厅屋的中间放一只大匾，匾的中央放一只大盘，盘内盛着一大堆黏土一般的米粉，和一大碗做馅用的甜甜的豆沙。母亲们大家围坐在大匾的四周。各人卷起衣袖，向盘内摘取一块米粉来，捏做一只碗的形状；夹取一筷豆沙来藏在这碗内；然后把碗口收拢来，做成一个圆子。再用手法把圆子捏成三角形，扭出三条绞丝花纹的脊梁来；最后在脊梁凑合的中心点上打一个红色的"寿"字印子，包子便做成。一圈一圈地陈列在大匾内，样子很是好看。大家一边做，一边兴高采烈地说笑。有时说谁的做得太小，谁的做得太大；有时盛称姑母的做得太玲珑，有时笑指母亲的做得像个塌饼。笑语之声，充满一堂。这是年中难得的全家欢笑的日子。而在我，做孩子们的，在这种日子更有无上的欢乐；在准备做包子时，我得先吃一碗甜甜的豆沙。做的时候，我只要噪闹一下子，母亲们会另做一只小包子来给我当场就吃。新鲜的米粉和新鲜的豆沙，热热地做出来就吃，味道是好不过的。我往往吃一只不够，再噪闹一下子就得吃第二只。倘然吃第二只还不够，我可嚷着要替她们打寿字印子。这印子是不容易打的：蘸的水太多了，打出来一塌糊涂，看不出寿字；蘸的水太少了，打出来又不清楚；况且位置要摆得正，歪了就难看；打坏了又不能揩抹涂改。所以我嚷着要打印子，是母亲们所最怕的事。她们便会和我情商，把做圆子收口时摘下来的一小粒米粉给我，叫我"自己做来自己吃"。这正是我所盼望的主要目的！开了这个例之后，各人做圆子收口时摘下来的米粉，就都得照例归我所有。再不够时还得要求向大盘中扭一把米粉来，自由捏造各种黏土手工：捏一个人，团拢了，改捏一个狗；再团拢了，再改捏一支水烟管……捏到手上的龌龊都混入其中，而雪白的米粉变成了灰色的时候，我再向她们要一朵豆沙来，裹成各种三不像的东西，吃下肚子里去。这一天因为我噪得特别厉害些，姑母做了两只小玲珑的包子给我吃，母亲又外加摘一团米粉给我玩。为求自由，我不在那场上吃弄，拿了到店堂里，和五哥哥一同玩弄。五哥哥者，后来我知道是我们店里的学徒，但在当时我只知道他是我儿时的最亲爱的伴侣。他的年纪比我大，智力比我高，胆量比我大，他常做出种种我所意想不到的玩意儿来，使得我惊奇。这一天我把包子和米粉拿出去同他共玩，他就寻出几个印泥菩萨的小型的红泥印子来，教我印米粉菩萨。

后来我们争执起来，他拿了他的米粉菩萨逃。我就拿了我的米粉菩萨追。追到排门旁边，我跌了一跤，额骨磕在排门槛上，磕了眼睛大小的一个洞，便晕迷不省。等到知觉的时候，我已被抱在母亲手里，外科郎中蔡德本先生，正在用布条向我的头上重重叠叠地包裹。

自从我跌伤以后，五哥哥每天乘店里空闲的时候到楼上来省问我。来时必然偷偷地从衣袖里摸出些我所爱玩的东西来——例如关在自来火匣子里的几只叩头虫，洋皮纸人头，老菱壳做成的小脚，顺治铜钿磨成的小刀等——送给我玩，直到我额上结成这个疤。

讲起我额上的疤的来由，我的回想中印象最清楚的人物，莫如五哥哥。而五哥哥的种种可惊可喜的行状，与我的儿童时代的欢乐，也便跟了这回想而历历地浮出到眼前来。

他的行为的顽皮，我现在想起了还觉吃惊。但这种行为对于当时的我，有莫大的吸引力。使我时时刻刻追随他，自愿地做他的从者。他用手捏住一条大蜈蚣，摘去了它的有毒的钩爪，而藏在衣袖里，走到各处，随时拿出来吓人。我跟了他走，欣赏他的把戏。他有时偷偷地把这条蜈蚣放在别人的瓜皮帽子上，让它沿着那人的额骨爬下去，吓得那人直跳起来。有时怀着这条蜈蚣去登坑，等候邻席的登坑者正在拉粪的时候，把蜈蚣丢在他的裤子上，使得那人扭着裤子乱跳，累了满身的粪。又有时当众人面前他偷把这条蜈蚣放在自己的额上，假装被咬的样子而嚎啕大哭起来，使得满座的人惊惶失措，七手八脚地为他营救。正在危急存亡的时候，他伸起手来收拾了这条蜈蚣，忽然破涕为笑，一缕烟逃走了。后来这套戏法渐渐做穿，有的人警告他说，若是再拿出蜈蚣来，要打头颈拳了。于是他换出别种花头来：他躲在门口，等候警告打头颈拳的人将走出门，突然大叫一声，倒身在门槛边的地上，乱滚乱撞，哭着嚷着，说是践踏了一条臂膀粗的大蛇，但蛇是已经钻进榻底下去了。走出门来的人被他这一吓，实在魂飞魄散；但见他的受难比他更深，也无可奈何他，只怪自己的运气不好。他看见一群人蹲在岸边钓鱼，便参加进去，和蹲着的人闲谈。同时偷偷地把其中相接近的两人的辫头梢头结住了，自己就走开，躲到远处去作壁上观。被结住的两人中若有一人起身欲去，滑稽剧就演出来给他看了。诸如此类的恶戏，不胜枚举。

现在回想他这种玩耍，实在近于为虐的戏谑。但当时他热心地创作，而热心地欣赏的孩子，也不止我一个。世间的严正的教育者！请稍稍原谅他的顽皮！我们的儿时，在私塾里偷偷地玩了一个折纸手工，是要遭先生用铜笔套管在额骨上猛钉几下，外加在至圣先师孔子之神位面前跪一支香的！

况且我们的五哥哥也曾用他的智力和技术来发明种种富有趣味的玩意，我现在想起了还可以神往。暮春的时候，他领我到田野去偷新蚕豆。把嫩的生吃了，而用老的来做"蚕豆水龙"。其做法，用煤头纸火把老蚕豆荚熏得半熟，剪去其下端，用手一捏，荚里的两粒豆就从下端滑出，再将荚的顶端稍稍剪去一点，使成一个小孔。然后把豆荚放在水里，待它装满了水，以一手的指捏住其下端而取出来，再以另一手的指用力压榨豆荚，一条细长的水带便从豆荚的顶端的小孔内射出。制法精巧的，射水可达一二丈之远。他又教我"豆梗笛"的做法：摘取豌豆的嫩梗长约寸许，以一端塞入口中轻轻咬嚼，吹时便发嗒嗒之音。再摘取蚕豆梗的下段，长约四五寸，用指爪在梗上均匀地开几个洞，作成豆的样子。然后把豌豆梗插入这笛的一端，用两手的指随意启闭各洞而吹奏起来，其音宛如无腔之短笛。他又教我用洋蜡烛的油作种种的浇造和塑造。用芋艿或番薯镌刻种种的印版，大类现今的木版画。……诸如此类的玩意，亦复不胜枚举。

　　现在我对这些儿时的乐事久已缘远了。但在说起我额上的疤的来由时，还能热烈地回忆神情活跃的五哥哥和这种兴致蓬勃的玩意儿。谁言我左额上的疤痕是缺陷？这是我的儿时欢乐的佐证，我的黄金时代的遗迹。过去的事，一切都同梦幻一般地消灭，没有痕迹留存了。只有这个疤，好像是"脊杖二十，刺配军州"时打在脸上的金印，永久地明显地录着过去的事实，一说起就可使我历历地回忆前尘。仿佛我是在儿童世界的本贯地方犯了罪，被刺配到这成人社会的"远恶军州"来的。这无期的流刑虽然使我永无还乡之望，但凭这脸上的金印，还可回溯往昔，追寻故乡的美丽的梦啊！

1934年6月7日

嫁给小提琴的少女^①

　　我乘船到香港。经过汕头海关人员来检查。那人员查到我的房间，和我握手，口称"久仰""难得"。他并不检查，却和我谈诗说画，谈得非常起劲。隔壁房间的客人和茶房们大家挤进来看，还道是查出了禁品，正在捉人了。海关人员辞去之后，邻室的客人方始知道我的姓名，大家耳语，像看新娘一般到门边来窥看我。茶房们亦窃窃私语。可惜讲的闽南话我一句也不懂。

　　挤进来看的人群中，有一个垂髫女郎，不过十八九岁模样，面圆圆的，眼睛很大，盯着我炯炯发光。海关人员走后，此人也就不见了。开船，吃夜饭之后，我独坐房舱中（我的房两铺，但客人少，对铺空着，我独占一房）看当日的《星岛日报》。有人叩门。开门一看，正是那个大眼睛女郎。她忸怩地说："我是先生的读者，先生的文集画集我都读过。景仰多年，今日得在船中见到，真是大幸，所以特来拜访。打扰了！"一口国音，正确清脆，十足表示她是个聪明伶俐的女

<hr>

孩子。我留她坐，问她姓名籍贯，以及往何处去。她告诉我姓Y，是W城人，某专科学校毕业，随她姐姐乘船到香港去谋事。就住在我的隔壁房中。接着她就问我《子恺漫画》中的阿宝、瞻瞻、软软（我的子女，现在都比她大了）的近状，又慰问我在大后方十年避寇的辛苦。足证她的确都读过我的书，知道得很清楚。我发见她在听我答话的时候，常常忽然把大眼睛沉下，双眉颦蹙；忽然又强颜作笑，和我应酬。我心中猜疑：这个人恐有难言之恸。

忽然她严肃地站起来，郑重地启请："丰老先生，我有一个大疑问要请教，不知先生肯不肯教我？"说着，两点眼泪突然从两只大眼睛里滚出，在莲花瓣似的腮上画了两条垂直线，在电灯下闪闪发光。这是丹青所画不出的一个情景。突如其来，使我狼狈周章。我立刻诚恳地回答她："什么疑问？凡我所知道的，一定肯回答你，你说吧。"她说："先生，世间到底有没有'纯洁的恋爱'？"我说："你所谓'纯洁'，是什么意思？"她断然地说："永不结婚。"我呆住了，心中十分惊奇。后来我说："有是有的，不过很少很少。西洋古代曾经有一位大哲学家柏拉图，提倡这种恋爱，Platonic love（柏拉图式的爱）。但我没有见到过实例。你为什么问我这个呢？"她凄凉地说："啊，你没有见到过？那么，世间所谓'纯洁的恋爱'，都是骗人！都是骗我们女人！啊，我上当了！"她竟在我房中呜咽地哭起来。

我更是狼狈周章了。等她哭过一阵，我正色地说："你不必伤心，说不定你所遇到的确是柏拉图恋爱主义者。我所见狭小，岂能确定你是受骗呢？你究竟是怎么一回事？不妨对我说。也许我能慰藉你。"因了我的催促和探诱，她断断续续吞吞吐吐地把她的恋爱故事告诉我。原来是这样的一回事！

　　她出身于书香人家。她的父亲是当地很有名的文人。她从小爱好文艺，尤其是诗词。她今年十九岁半，性格十分天真，近于儿童。她憧憬于诗词文艺中所描写的人生的"美"与"光明"，而不知道又不相信人生还有"丑"与"黑暗"的一面。她只欢喜唯美的浪漫主义，而不欢喜暴露的写实主义。她注意灵的要求，而看轻肉的要求。我猜想，养成她这种性情的，半由于心理，即文艺诗词的感染，而半由于生理，即根本没有结婚的要求，亦即没有性欲。古人说"食色性也"。"没有性欲"这句话似乎不通，除非是残疾的人，况且她的体格很好，年龄也已及笄，我岂可这样武断呢？但我相信"性欲升华"之说，而且见过许多实例（历史上独身的伟人不少）。故我料她的性欲已经升华，因而在世间追求"纯洁的恋爱"。据她说，她和她的姐姐很亲爱，大家抱独身主义，本来不再需要异性的爱。但因她迷信了"纯洁的恋爱"，觉得除姐姐以外，再有一个异性纯洁的爱人，更可增加她的人生的"美"与"光明"。于是她的恋爱故事发生了。她的一个男同学追求她。起初她拒绝。后来因为合演话剧的关系，渐渐稔熟起来。那男同学就向她献种种的殷勤，和非常的真诚。据说，他是住校的，她是通学，每天回家吃午饭的。而他每天到半路上接她两次，送她两次，风雨无阻。她说："教我怎么不感动呢？"但她很审慎，终未明白表示"爱"他，因此他失望、绝食、生病了。别的同学来拉拢，大家恨她太忍心。她逼不得已，同时真心感动，便到病床前去慰问，并且明白表示了"我爱你"。但附带一个条件："纯洁的爱永不结婚。"男的一口答允，病就好了。她说，从此以后，她的确过了两个月的"美"的"光明"的恋爱生活。但是两个月后，男的便隐隐地同她计划结婚了。屡次向她宣传"结婚的神圣"，解说"天下没有不结婚的恋爱"之理，抨击"独身主义"的不人道。她愤愤地对我说："到此我才知道受骗呀！"她又哭了，我忍不住笑起来。我想："真是一个傻孩子！"又想："这天真烂漫而奇特的女孩子，真真难得！"

她个性很强，决心和他分手。但因长时间的旅伴，和感情的夹缠，未便突然一刀两断。她就拖延，想用拖延来冲淡两个人的爱情，然后便于分手。她说："这拖延的几星期，是我最苦痛的时间。"但男的只管紧紧地追求，死不放松。她急煞了。幸而她已毕业，就写了一封绝交信寄他，突然离开W城，投奔在远方当教师的姐姐。至今已将一年。幸而那男子没有继续来追她。并且，传闻他已另有爱人。因此她也放心了。但她还有疑心，常常怀疑：世间究竟有没有"永不结婚的恋爱"？因此不怕唐突，来"请教"萍水相逢的我。她恭维我说："丰老先生，你是我们孩子们的心灵的理解者、润泽者、爱护者。惟有你能够医好我心头的创伤。"我听了又很周章。我虽然曾经写过许多关于儿童生活的文和书，但不曾研究过柏拉图爱。对眼前这个痴疑天真的少女的特殊的恋爱问题，实在无法解答。我只劝她："你爱你的姐姐。你用功研究你的学问。倘是欢喜音乐的话，你最好研究音乐。因为音乐最能医疗心的创伤。"她破涕为笑，说："我正在学小提琴，已经学到Hohmann（霍曼）第二册了。"我说："那是再好没有了！你不必再找理想的爱人，你就嫁给小提琴吧！"她欢喜信受，笑容满面地向我告辞。

一九四九年儿童节之夜记于丰祥轮一等十七号房舱中

青年与自然①

英诗人瓦资瓦斯（华兹华斯）（Wordsworth）的诗里说道："嫩草萌动的春天的田野所告我们的教训，比古今圣贤所说的法语指示我们更多的道理。"这正是赞美自然对人的感化力，又正是艺术教育的简要的解说，吾人每当花晨月夕，起无限的感兴。人生精神的发展，思想的进步，至理的觉悟，已往的忏悔，未来的企图：一切这等的动机，大都在这等花晨月夕的感兴中发生的。青年受自然的感化和暗示最多。青年是人生最中坚的、最精彩的、最有变化的一部分。青年一步步地踏进成人的境域去的时候，对于他们所天天接近而最不解的自然，容易发生种种的能动的疑问。这等疑问唤起了他们的无限的感想，这感想各人不同，各用以影响到自己的意志和行为。在孩儿时代，是感观主宰的时代，那时对自然所起的感情大都是受动的。在成人时代，阅世较深，现实的境遇比较的固定，自然的感化也鲜能深入他们的腑肺，但不过有时引起一时的感兴。

---

① 本篇曾载1922年12月1日浙江上虞春晖中学校刊《春晖》第3号，署名：子恺。——编者注

唯有极盛的青年期受自然的感化最多。

　　吾人所常接近的自然，如日月星辰，山川花木等，其中花和月最与人亲。在自然中，月仿佛是慈爱的圣母Maria（马利亚），花仿佛是绰约的女神Aphrodite（阿佛洛狄忒），常常对人作温和的微笑。

青年与月

　　吾人一切的感觉，最初是由"光"而起的。所以光的感化人比其他一切更大。例如曙光、晨星等，足以唤起人的宗教心。人对于光的注目，也比对其他一切更易。小孩生后数小时，就有明暗的感觉，数日，便能欢迎适当的光，半年，就能对洋灯①微笑。这可以证明人类对光本来是欢迎的。不但幼时，成人喜光的证据也很多。例如妇人们不惜千金去购金刚石、明玉，蛮人集玻璃片或种种发光的东西来妆饰，都可以证明凡人是生来有爱光的共通性的。

　　月是有光物体的一种。月的光有一种特有的性质。是天体中最切实的有兴味的东西。所以月给与青年的影响更大。

　　（一）月是宗教的感情的必要的创造者。在幻觉时代的孩

---

　　① 洋灯，旧时对煤油灯的称呼。——编者注

儿，见了挂在天空中的明净的白玉盘，每起奇妙的无顿着^①的空想。所谓活物主义，便是他们把月拟人。以为月是太阳的亲戚，对月唱歌，对月舞蹈。他们以月为友，且以为月也是以友情对待儿童的，欢喜儿童在他月面歌舞，否则他便嫌寂寞。又或想象月里有神，有孩子群，有玩具。或梦想身入月中，和月同游。在小儿话或歌中，常可以见到这种幻觉，到了十四五岁以后的青年期，变为更有力的感情。精神正当发达的青年对这神秘的、不可思议的月亮所起的感想，是最有同情的关系于青年的精神的宗教的感情生活的。又青年对这纯洁无疵的月亮所起的感情，是最有密接的联络于青年的道德的生活的。儿童时代对月的荒唐的"空想"的本身，到青年时变形为"思慕""畏敬"和"求爱"，儿童时代的月中的存在的空想，到了青年期也变了一种力——自发的陶冶身心的力了。

精神发达的青年，对月所起的感想，关于客观的月的感想少，关于因对月而生起的主观方面的感想更多。夜本来是一日的最深沉的、最幽邃的一部分，就是一日的神秘的时间，又可说是人的退省时间。有月的夜，更容易诱起人的沉思和遐想。望月的人心灵似乎暂时脱离人境，逍遥于琼楼高处，因之此时外界的感触几于绝灭，内部的精神十分明了。此时往往诱起对于高泛的生命的无限的希望，将心灵迫近向宗教去。所以各人

---

① 无顿着，日文中此三汉字，意为"漫不经心"。——编者注

种的起初，大都以月为崇拜的对象，这感情到后来就变为对于"神"和"真""善""美"的感情。

（二）月暗示"爱"。月的团圞的形、月的温柔的光，和月下的天国似的世界，凡关于月的东西，无不和青年的神圣的"爱"相调和，且同性质的。心的爱的世界的状态，可以拿月夜的银灰色的世界来代表的。所以月夜的青年，容易被唤起爱的感情：月下追念亡父母或友人，在月中看出亡父母或友人的容颜。或者月下隐闻亡父母或友人的语声，又或想起离别的恋人或至友，乞月的传言寄语，在诗词中所常见的。"多磨恋爱"（stormy love）的青年，因月的感化，足以维持纯洁的精神，不致流于堕落或自弃。"多磨恋爱"的青年女子，往往对月暗诉她的困难的心事，向月祈愿，用这慰藉来鼓励她的勇气，维持她的希望。在实际上，这泛爱的月真是慈母似的佑护青年，真已完全酬答青年对月的祈愿了。试看瑞烟笼罩的大地上，万人均得浴月的柔光。这正是表示月的泛爱，且助人与人的爱。

（三）月狂。因月怀乡，因月生愁，或中夜不寐，或对月涕泣等事，美国斯当来·霍尔氏说是一种精神病，称为"月狂"。这种状态在青年期最多。境遇坎坷的青年，漂泊的青年，最易罹这病。原来月光有一种抽发人心的愤懑的力。人见月就惹起怨恨和愤懑。诗中所谓："举头望明月，低头思故乡"，是见月伤漂泊的诗。类此者颇多。血气方刚的青年，胸中藏着的幽愤，在日里为外界的感触所阻抑，郁积于内，遇到这种力，就发泄出来，甚者便月狂。此时优美的月色在这等青年们的眼里，已变为所谓"伤心色"了。这病影响于消化、发育、睡眠、健康很大。

青年与花

幼儿最初的美感是对于花的美感。因为花有美的姿态、可爱的色彩、芳香的气味。在自然物中，是最足以惹人注意的东西。花在下界的地位，仿佛月在天空。幼儿对花，完全是幻觉的。他们与花接吻、抱花、为花祈雨。这种拟人的态度，到青年期仍是大部分残存着。人类生来就爱花，因此花及于人的影响自然也大。

（一）青年对花的同情。幼儿时代对花的拟人的态度的形式，到青年时代还残存着，不过内容变易了。幼儿对花是客观的纯粹的活物主义，青年则带几分主观的色彩。在对花所起的感情的背面，同时起一种对于自身的感触。因为花与青年——特别是女子——在各点上相类似的：生命的丰富、色彩的繁荣、元气的旺盛等，都相类似。花可说是青年的象征，所以青年对花分外有同情，分外爱花。爱花便是他们的自爱。花遭难时，更易得青年的同情。所谓"惜花""葬花"，实在是他们的自伤。所谓"花开堪折直须折，莫待无花空折枝"实在是他们的自励。因这同情，青年对花大都是拟人的。不过这拟人的态度的内容和孩儿时代的拟人的内容不同，青年的拟人对花，实在是因花生起别种联想。少女与花，有更密切的相似点。因之对花容易使人起淑女的联想。所谓"解语花""薄命花""轻薄桃花"等，都是以花喻女的，又如Moore（穆尔）的诗中所谓"All her lovely companions are faded and gone……"（"她那些可爱的姐妹，早已不在枝头上……"）也是以花比少女。这样的例不少。少女自己，也是默认花是自己的表号的。她们爱花、栽花、采花，又簪花、吻花，这种举动的背面，隐着少女们的一种自觉——这样明媚鲜妍的自然的精华，正是我们女性的表号。

人生青年时代犹四季的春天，故曰青春。在时期的关系上，青年与花已有相同的境遇。又青年时代的一切思想感情等精神界的发达，都极绮丽发扬，与花的妩媚极合。因此青年见花仿佛是同调的知交，自然地发生同情。

（二）花给与青年道德的感想。花的形质的清雅不凡，使青年起道德的思想。花的形色，表示人生的复杂的象征：例如就色而论，白色表示纯洁，赤色表示爱情和繁荣，紫色有王者的象征。就形而论，桃花梅花表示复杂的统一，菊花表示整齐，玫瑰花牡丹花表示结构的调和，紫藤花等表示变化的统一。这等象征，在不知不觉之间给青年道德的暗示。菊花的凌霜，梅花的耐寒，对人也有一种孤高纯洁的暗示，山间的花、水溪的花、人迹绝少到的地方的花，也同样地开颜发艳、不求人知。这给人更高尚的暗示，引起人的超然遗世的感想。诗所谓："涧户寂无人，纷纷开且落。"读之引起人对于自然的神秘的探究心，终于崇敬自然的神秘，感入自己的心身。女子受花的道德的暗示，更大于男子。

（三）花给与青年美的感情。青年的艺术修养方面，得益于花的感化不少。花实在是自然界的精英，是自然美中的最显著的。拉斯京（罗斯金）说："见了一大堆火药爆发，或一处陈列十分华丽的商店，一点也没有可以赞美的价值；见了花苞的开放，倒是极有赞美的价值的。"花在实用上，效用极少，不过极少数的几种作药品等用，此外大都是专供装饰的。然而实际上，装饰用的花赐与人们的恩惠真非浅鲜。青年因花而直接陶冶美的感情，又间接影响于道德。无论家庭，学校，凡青年所居的地方，皆宜有花，这是艺术教育上最有价值的事件。实利的家庭，以种花为虚空无益的事。实利的学校，养鸡似的待遇学生，更不梦想到青年的直观教育的重大。所谓"爱情的只影也不留的、仓库似的校舍"，实在是对于青年的直觉能力的修养给与破坏的感化的。艺术教育发达的国学校园内的栽植和宿舍内的花卉布置，极郑重从事的。即使在都会的、地面狭窄的学校，也必设小巧的花台或苗头的盆栽。在实利的人们看来以为虚饰，独不知这是学生的精神的保护者。

要之，月和花的本身是"美"，月和花的对青年是

"爱"。青年对花月——对一切自然——不可不使自身调和于这美和爱，且不可不"有情化"这等自然。"有情化"了这等自然，这等自然就会对青年告说种种的宝贵的教训。不但花月，一切自然，常暗示我们美和爱：蝴蝶梦萦的春野，木疏风冷的秋山，就是路旁的一草一石，倘用了纯正的优美又温和的同感的心而照观，这等都是专为我们而示美，又专为我们而示爱的。优美的青年们！近日秋月将圆，黄花盛开。当月色横空、花荫满庭之夜，你们正可以亲近这月魄花灵，永结神圣之爱！

十一（1922）年十月在白马湖上月下

实行的悲哀

寒假中，诸儿齐集缘缘堂，任情游戏，笑语喧阗。堂前好像每日做喜庆事。有一儿玩得疲倦，欹藤床少息，随手翻检床边柱上日历，愀然改容叫道："寒假只有一星期了！假期作业还未动手呢！"游戏的热度忽然为之降低。另一儿接着说："我看还是未放假时快乐。一放假就觉得不过如此。现在反觉得比未放时不快了。"这话引起了许多人的同情。

我虽不是学生，并不参预他们的假期游戏，但也是这话的同情者之一人。我觉得在人的心理上，预想往往比实行快乐。西人有"胜利的悲哀"之说。我想模仿他们，说"实行的悲哀"，由预想进于实行，由希望变为成功，原是人生事业展进的正道。但在人心的深处，奇妙地存在着这种悲哀。

现在就从学生生活着想，先举星期日为例。凡做过学生的人，谁都能首肯，星期六比星期日更快乐。星期六的快乐的原因，原是为了有星期日在后头；但是星期日的快乐的滋味，却不在其本身，而集中于星期六。星期六午膳后，课业未了，全校已充满着一种弛缓的空气。有的人预先作归家的准备；有的人趁早作出游的计划！更有性急的人，已把包裹洋伞整理在一起，预备退课后一拿就走了。最后一课毕，退出教室的时候，欢乐的空气更加浓重了。有的唱着歌出来，有的笑谈着出来，年幼的跳舞着出来。先生们为环境所感，在这些时候大都暂把校规放宽，对于这等骚乱佯作不见不闻。其实他们也是真心地爱好这种弛缓的空气的。星期六晚上，学校中的空气达到了弛缓的极度。这晚上不必自修，也不被严格的监督。学生可以三三五五，各行其游息之乐。出校夜游一会也不妨，买些茶点回到寝室里吃也不妨，迟一点而睡觉也不妨。这一黄昏，可说是星期日的快乐的最中了。过了这最中，弛缓的空气便开始紧张起来。因为到了星期日早晨，昨天所盼望的佳期已实际地达到，人心中已开始生出那种"实行的悲哀"来了。这一天，或者天气不好，或者人事不巧，昨日所预定的游约没有畅快地遂行，于是感到一番失望。即使天气好，人事巧，到了兴尽归校的时候，也不免尝到一种接近于"乐尽哀来"的滋味。明日的课业渐渐地挂上了心头，先生的脸孔隐约地出现在脑际，一朵无形的黑云，压迫在各人的头上了。而在游乐之后重新开始修业，犹似重新挑起曾经放下的担子来走路，起初觉得分量格外重些。于是不免懊恨起来，觉得还是没有这星期日好。原来星期日之乐是决不在星期日的。

其次，毕业也是"实行的悲哀"之一例，学生入学，当然是希望毕业的。照事理而论，毕业应是学生最快乐的时候。但人的心情却不然：毕业的快乐，常在于未毕业之时；一毕业，快乐便消失，有时反而来了悲哀。只有将毕业而未毕业的时候，学生才能真正地，浓烈地尝到毕业的快乐的滋味。修业期只有几个月了，在校中是最高级的学生了，在先生眼中是出山的了，在同学面前是老前辈了。这真是学生生活中最光荣的时期。加之毕业后的新世界的希望，"云路""鹏程"等词所暗示的幸福，隐约地出现在脑际，无限地展开在预想中。这时候的学生，个个是前程远大的新青年，个个是有作有为的好国民。不但在学生生活中，恐怕在人生中，这也是最光荣的时期了。然而果真毕了业怎样呢？告辞良师，握别益友，离去母校，先受了一番感伤且不去说它。出校之后，有的升学未遂，有的就职无着。即使升了学，就了职，这些新世界中自有种种困难与苦痛，往往与未毕业时所预想者全然不符。在这时候，他们常常要羡慕过去，回想在校时何等自由，何等幸福，巴不得永远做未毕业的学生了。原来毕业之乐是决不在毕业上的。

进一步看，爱的欢乐也是如此。男子欲娶未娶，女子欲嫁未嫁的时候，其所感受的欢喜最为纯粹而十全。到了实行娶嫁之后，前此之乐往往消减，有时反而来了不幸。西人言"结婚是恋爱的坟墓"恐怕就是这"实行的悲哀"所使然的罢？富贵之乐也是如此。欲富而刻苦积金，欲贵而努力钻营的时候，是其人生活兴味最浓的时期。到了既富既贵之后，若其人的人性未曾完全丧尽，有时会感懊丧，觉得富贵不如贫贱乐了。《红楼梦》里的贾政拜相，元春为贵妃，也算是极人间荣华富贵之乐了。但我读了大观园省亲时元妃隔帘对贾政说的一番话，觉得人生悲哀之深，无过于此了。

人事万端，无从一一细说。忽忆从前游西湖时的一件小事，可以旁证一切。前年早秋，有一个风清日丽的下午，我与两位友人从湖滨泛舟，向白堤方面荡漾而进。俯仰顾盼，水天如镜，风景如画，为之心旷神怡。行近白堤，远远望见平湖秋月突出湖中，几与湖水相平。旁边围着玲珑的栏杆，上面覆着参差的杨柳。杨柳在日光中映成金色，清风摇摆它们的垂条，时时拂着树下游人的头，游人三三两两，分列在树下的茶桌旁，有相对言笑者，有凭栏共眺者，有矫首遐观者，意甚自得。我们从船中望去，觉得这些人尽是画中人，这地方正是仙源。我们原定绕湖兜一圈子的。但看见了这般光景，大家眼热起来，痴心欲身入这仙源中去做画中人了。就命舟人靠平湖秋月停泊，登岸选择坐位。以前矫首遐观的那个人就跟过来，垂手侍立在侧，叩问："先生，红的？绿的？"我们命他泡三杯绿茶。其人受命而去。不久茶来，一只苍蝇浮死在茶杯中，先给我们一个不快。邻座相对言笑的人大谈麻雀经，又给我们一种啰唣。凭栏共眺的一男一女鬼鬼祟祟，又使我们感到肉麻。最后金色的垂柳上落下几个毛虫来，就把我们赶走。匆匆下船回湖滨，连绕湖兜圈子的兴趣也消失了。在归舟中相与谈论，大家认为风景只宜远看，不宜身入其中。现在回想，世事都同风景一样。世事之乐不在于实行而在于希望，犹似风景之美不在其中而在其外。身入其中，不但美即消失，还要生受苍蝇，毛虫，啰唣，与肉麻的不快。世间苦的根本就在于此。

1936年阴历元旦写于石门湾

邻　人

前年我曾画了这样的一幅画：两间相邻的都市式的住家楼屋，前楼外面是走廊和栏杆。栏杆交界之处，装着一把很大的铁条制的扇骨，仿佛一个大车轮，半个埋在两屋交界的墙里，半个露出在檐下。两屋的栏杆内各有一个男子，隔着那铁扇骨一坐一立，各不相干。画题叫做"邻人"。

这是我从上海回江湾时，在天通庵附近所见的实景。这铁扇骨每根头上尖锐，好像一把枪。这是预防邻人的逾墙而设的。若在邻人面前，可说这是预防窃贼的蔓延而设的。譬如一个窃贼钻进了张家的楼上，界墙外有了这把尖头的铁扇骨，他就无法逾墙到隔壁的李家去行窃。但在五方杂处，良莠不齐的上海地方，它的作用一半原可说是防邻人的。住在上海的人有些儿太古风，"打牌猜拳之声相闻，至老死不相往来"。这样，邻人的身家性行全不知道，这铁扇骨的防备原是必要的了。

我经过天通庵的时候，觉得眼前一片形形色色的都市的光景中，这把铁扇骨最为触目惊心。这是人类社会的丑恶的最具体最明显最庞大的表象。人类社会的设备中，像法律，刑罚等，都是为了防范人的罪恶而设的；但那种都不显露形迹。从社会的表面上看，我们只见锦绣河山，衣冠文物之邦，一时不会想到其间包藏着人类的种种丑恶。又如城、郭、门、墙，也是为防盗贼而设的。这虽然是具体而又庞大的东西，但形状还文雅，暗藏。我们看了似觉这是与山岭、树木等同类的东西，不会明显地想见人类中的盗贼。更进一步，例如锁，具体而又明显地表示着人类互相防备的用意，可说是人类的丑恶的证据，羞耻的象征了。但它的形象太小，不容易使人注意；用处太多，混迹在箱笼门窗的装饰纹样中，看惯了一时还不容易使人明显地联想到偷窃。只有那把铁扇骨，又具体，又明显，又庞大地表出着它的用意，赤裸裸地宣示着人类的丑恶与羞耻。所以我每次经过天通庵，这件东西总是强力地牵惹我的注意，使我发生种种的感想。造物主赋人类以最高的智慧，使他们做了万物之灵，而建设这庄严灿烂的世界。在自称文明进步的今日，假如造物主降临世间，一一地检点人类的建设，看到锁和那把铁扇骨而查问它们的用途与来历时，人类的回答将何以为颜？对称的形状，均齐的角度，秀美的曲线，是人类文化最上乘的艺术的样式。把这等样式应用在建筑上，家具上，汽车上，飞机上，原足以夸耀现代人生活的进步；但应用在锁和这铁扇骨上，真有些儿可惜。上海的五金店里，陈列着各式各样的"四不灵"锁。有德国制的，有美国制的；有几块钱一把的，有几十块钱一把的；有方的，有圆的，有作各种玲珑的形状的。工料都很精，形式都很美，好像一种徽章。这确是一种徽章，这是人类的丑恶与羞耻的徽章！人类似嫌这种徽章太小，所以又在屋上装起很大的铁扇骨来，以表扬其羞耻。使人一见可就想起世间有着须用这大铁扇骨来防御的人，以及这种人的产生的原因。

我在画上题了"邻人"两字，联想起了"肯与邻翁相对饮，隔篱呼取尽余杯"的诗句。虽然自己不喝酒，但想像诗句所咏的那种生活，悠然神往，几乎把画中的铁扇骨误认为篱了。

1932年12月14日

无常之恸

　　无常之恸，大概是宗教启信的出发点罢。一切慷慨的，忍苦的，慈悲的，舍身的，宗教的行为，皆建筑在这一点心上。故佛教的要旨，被包括在这个16字偈内："诸行无常，是生灭法。生灭灭已，寂灭为乐。"这里下二句是佛教所特有的人生观与宇宙观，不足为一般人道；上两句却是可使谁都承认的一般公理，就是宗教启信的出发点的"无常之恸"。这种感情特强起来，会把人拉进宗教信仰中。但与宗教无缘的人，即使反宗教的人，其感情中也常有这种分子在那里活动着，不过强弱不同耳。

　　在醉心名利的人，如多数的官僚，商人，大概这点感情最弱。他们仿佛被荣誉及黄金蒙住了眼，急急忙忙地拉到鬼国里，在途中毫无认识自身的能力与余暇了。反之，在文艺者，尤其是诗人，尤其是中国的诗人，更尤其是中国古代的诗人，大概这点感情最强，引起他们这种感情的，大概是最能暗示生灭相的自然状态，例如春花，秋月，以及衰荣的种种变化。他们见了这些小小的变化，便会想起自然的意图，宇宙的秘密，以及人生的根底，因而兴起无常之恸。在他们的读者——至少在我一个读者——往往觉到这些部分最可感动，最易共鸣。因为在人生的一切叹愿——如惜别，伤逝，失恋，辗轲等——中，没有比无常更普遍地为人人所共感的了。

《法华经》偈云："诸法从本来，常示寂灭相。春至百花开，黄莺啼柳上。"这几句包括了一切诗人的无常之叹的动机。原来春花是最雄辩地表出无常相的东西。看花而感到绝对的喜悦的，只有醉生梦死之徒，感觉迟钝的痴人，不然，佯狂的乐天家。凡富有人性而认真的人，谁能对于这些昙花感到真心的满足？谁能不在这些泡影里照见自身的姿态呢？古诗十九首中有云："伤彼蕙兰花，含英扬光辉。过时而不采，将随秋草萎。"大概是借花叹惜人生无常之滥觞，后人续弹此调者甚多。最普通传诵的，如：

"劝君莫惜金缕衣，劝君惜取少年时。花开堪折直须折，莫待无花空折枝！"（李锜）

"今年花似去年好，去年人到今年老。始知人老不如花，可惜落花君莫扫！（下略）"（岑参）

"一月主人笑几回？相逢相识且衔杯！眼看春色如流水，今日残花昨日开！"（崔惠童）

"梁园日暮乱飞鸦，极目萧条三两家。庭树不知人去尽，春来还发旧时花。"（岑参）

"越王宫里似花人，越水溪头采白蘋。白蘋未尽人先尽，谁见江南春复春？"（阙名）

慨惜花的易谢，妒羡花的再生，大概是此类诗中最普通的两种情怀。像"春风欲劝座中人，一片落红当眼堕""年年岁岁花相似，岁岁年年人不同"便是用一两句话明快地道破这种情怀的好例。

最明显地表示春色，最力强地牵惹人心的杨柳，自来为引人感伤的名物。桓温的话是一个很好的证例："昔年种柳，依依汉南。今看摇落，凄怆江潭。树犹如此，人何以堪！"在纸上读了这几句文句，已觉恻然于怀；何况亲眼看见其依依与凄怆的光景呢？唐人诗中，借杨柳或类似的树木为兴感之由，而慨叹人事无常的，不乏其例，亦不乏动人之力。像：

"江雨霏霏江草齐，六朝如梦鸟空啼。无情最是台城柳，依旧烟笼十里堤。"（韦庄）

"炀帝行宫汴水滨，数株残柳不胜春。晚来风起花如雪，飞入宫墙不见人。"（刘禹锡）

"梁苑隋堤事已空，万条犹舞旧春风。那堪更想千年后，谁见杨花入汉宫？"（韩琮）

"入郭登桥出郭船，红楼日日柳年年。君王忍把平陈业，只换雷塘数亩田？"（罗隐：《炀帝陵》）

"三十年前此院游，木兰花发院新修。如今再到经行处，树老无花僧白头。"（王播）

"汾阳旧宅今为寺，犹有当时歌舞楼。四十年来车马散，古槐深巷暮蝉愁。"（张籍）

"门前不改旧山河，破虏曾轻马伏波。今日独经歌舞地，古槐疏冷夕阳多。"（赵嘏）

凡自然美皆能牵引有心人的感伤，不独花柳而已。花柳以外，最富于此种牵引力的，我想是月。因月兴感的好诗之多，不胜屈指。把记得起的几首写在这里：

"山围故国周遭在，潮打空城寂寞回。淮水东边旧时月，夜深还过女墙来。"（刘禹锡：《石头城》）

"草遮回磴绝鸣銮，云树深深碧殿寒。明月自来还自去，更无人倚玉栏杆。"（崔橹：《华清宫》）

"旧苑荒台杨柳新，菱歌清唱不胜春。只今惟有西江月，曾照吴王宫里人。"（李白：《苏台览古》）

"暮云收尽溢清寒，银汉无声转玉盘。此生此夜不长好，明月明年何处看？"（杜牧之：《中秋》）

"独上江楼思悄然，月光如水水如天。同来玩月人何在？风景依稀似去年。"（赵嘏：《江楼感旧》）

由花柳兴感的，有以花柳自况之心，此心常转变为对花柳的怜惜与同情。由月兴感的，则完全出于妒羡之心，为了它终古如斯地高悬碧空，而用冷眼对下界的衰荣生灭作壁上观。但月的感人之力，一半也是夜的环境所助成的。夜的黑暗能把外物的诱惑遮住，使人专心于内省。耽于内省的人，往往慨念无常，心生悲感。更怎禁一个神秘幽玄的月亮的挑拨呢？故月明人静之夜，只要是敏感者，即使其生活毫无忧患而十分幸福，也会兴起惆怅。正如唐人诗所云："小院无人夜，烟斜月转明。清宵易惆怅，不必有离情。"

与万古常新的不朽的日月相比较，下界一切生灭，在敏感者的眼中都是可悲哀的状态。何况日月也不见得是不朽的东西呢？人类的理想中，不幸而有了"永远"这个幻象，因此在人生中平添了无穷的感慨。所谓"往事不堪回首"的一种情怀，在诗人——尤其是中国古代诗人——的笔上随时随处地流露着。有人反对这种态度，说是逃避现实，是无病呻吟，是老生常谈。不错，有不少的旧诗作者，曾经逃避现实而躲入过去的憧憬中或酒天地中；有不少的皮毛诗人曾经学了几句老生常谈而无病呻吟。然而真从无常之恸中发出来的感怀的佳作，其艺术的价值永远不朽——除非人生是永远不朽的。会朽的人，对于眼前的衰荣兴废岂能漠然无所感动？"笙歌归院落，灯火下楼台。"这一点小暂的衰歇之象，已足使履霜坚冰的敏感者兴起无穷之慨；已足使顿悟的智慧者痛悟无常呢！这里我又想起的有四首好诗：

"寥落故行宫，宫花寂寞红。白头宫女在，闲坐说玄宗。"

"朱雀桥边野草花，乌衣巷口夕阳斜。旧时王谢堂前燕，飞入寻常百姓家。"

"越王勾践破吴归，战士还家尽锦衣。宫女如花满春殿，只今惟有鹧鸪飞。"

"伤心欲问南朝事，惟见江流去不回。日暮东风春草绿，鹧鸪飞上越王台。"

这些都是极通常的诗，我幼时曾经无心地在私塾学童的无心的口上听熟过。现在它们却用了一种新的力而再现于我的心头。人们常说平凡中寓有至理。我现在觉得常见的诗中含有好诗。

其实"人生无常"，本身是一个平凡的至理。"回黄转绿世间多，后来新妇变为婆。"这些回转与变化，因为太多了，故看作当然时便当然而不足怪。但看作惊奇时，又无一不可惊奇。关于"人生无常"的话，我们在古人的书中常常读到，在今人的口上又常常听到。倘然你无心地读，无心地听，这些话都是陈腐不堪的老生常谈。但倘然你有心地读，有心地听，它们就没有一字不深深地刺入你的心中。古诗中有着许多痛快地咏叹"人生无常"的话：古诗十九首中就有了不少。

"人生寄一世，奄忽若飙尘。何不策高足，先据要路津？"

"浩浩阴阳移，年命如朝露。人生忽如寄，寿无金石固，万岁更相送，圣贤莫能度。"

"青青陵上柏，磊磊涧中石。人生天地间，忽如远行客。"

"人生非金石，焉能长寿考？奄忽随物化，荣名以为宝。"

此外我能想起也很多：

"对酒当歌，人生几何？譬如朝露，去日苦多。"（魏武帝）

"惊风飘白日，光景驰西流。盛时不可再，百年忽我遒。生存华屋处，零落归山丘。"（曹植）

"置酒高堂，悲歌临觞。人寿几何？逝如朝霜。时无重至，华不再阳。"（陆机）

"欢乐极兮哀情多，少壮几时兮奈老何！"（汉武帝）

"采采荣木，结根于兹。晨耀其华，夕已丧之。人生若寄，憔悴有时。静心孔念，中心怅而。"（陶潜）

"朝为媚少年，夕暮成丑老。自非王子晋，谁能常美好？"（阮籍）

"君不见黄河之水天上来，奔流到海不复回？君不见高堂明镜悲白发，朝如青丝暮成雪？"（李白）

"白日何短短，百年苦易满。苍穹浩茫茫，万劫太极长。麻姑垂两鬓，一半已成霜。天公见玉女，大笑亿千场。吾欲揽六龙，回车挂扶桑。北斗酌美酒，劝龙各一觞。富贵非所愿，为人驻颓光。"（李白）

"美人为黄土，况乃粉黛假。当时侍金舆，故物独石马。忧来藉草坐，浩歌泪盈把。冉冉问征途，谁是长年者？"（杜甫）

"青山临黄河，下有长安道。世上名利人，相逢不知

老。"（孟郊）

这些话，何等雄辩地向人说明"人生无常"之理！但在世间，"相逢不知老"的人毕竟太多，因此这些话都成了空言。

现世宗教的衰颓，其原因大概在此。玩世缺乏慷慨的，忍苦的，慈悲的，舍身的行为，其原因恐怕也在于此。

廿四（1935）年十二月廿六日

为青年说弘一法师[1]

　　弘一法师于去年十月十三日在泉州逝世，至今已有五个多月。傅彬然先生曾有关于他的一篇文章登在本刊上，而我却沉默了五个多月，至今才写这篇文字。许多人来信怪我，以为我对于弘一法师关系较深，何以他死了我没有一点表示。有的人还来信向我要关于弘一法师的死的文字，以为我一定在发起追悼大会，或者编印纪念刊物，为法师装"哀荣"的。其实全无此事。我接到泉州开元寺性常师打来的报告法师"生西"（就是往生西方，就是死）的电报时，正是去年十月十八日早晨，我正在贵州遵义的寓楼中整理行装，要把全家迁到重庆去。当时坐在窗下沉默了几十分钟，发了一个愿：为法师造像（就是画像）一百尊，分寄各省信仰他的人，勒石立碑，以垂永久。预定到重庆后动笔。发愿毕，依旧吃早粥，整行装，觅车子。

　　弘一法师是我的老师，而且是我生平最崇拜的人。如此说来，我岂不太冷淡了吗？但我自以为并不。我敬爱弘一法师，

---

　　① 本篇曾载1943年《中学生》战时半月刊第63期。编入1957年版《缘缘堂随笔》时改名《怀李叔同先生》。——编者注

我希望他在这世间久住。但我确定弘一法师必有死的一日。因为他是"人"。不过死的时日迟早不得而知。我时时刻刻防他死，同时时刻刻防我自己死一样。他的死是我意中事，并不出于意料。所以我接到他的死的电告，并不惊惶，并不恸哭。老实说，我的惊惶与恸哭，在确定他必有死的一日之前早已在心中默默地做过了。

我去冬迁居重庆，忙着人事及疾病，到今年一月方才有工夫动笔作画。一月中，我实行我的前愿，为弘一法师造像。连作十尊，分寄福建、河南诸信士。还有九十尊，正在接洽中，定当后续作。为欲勒石，用线条描写，不许有浓淡光影。所以不容易描得像。幸而法师的线条画像，看的人都说"像"。大概是他的相貌不凡，特点容易捉住之故。但是还有一个原因：他在我心目中印象太深之故。我自己觉得，为他画像的时候，我的心最虔诚，我的情最热烈，远在惊惶恸哭及发起追悼会、出版纪念刊物之上。其实百年之后，刻像会模糊起来，石碑会破烂的。千万年之后，人类会绝灭，地球会死亡的。人间哪有绝对"永久"的事！我的画像勒石立碑，也不过比惊惶恸哭、追悼会、纪念刊稍稍永久一点而已。

读了傅彬然先生的文章之后，我也想来为读者谈谈，就写这篇文章。①

距今二十九年前，我十七岁的时候，最初在杭州贡院的浙江省立第一师范学校里见到李叔同先生（即弘一法师）。那时我是预科生，他是我们的音乐教师。一年中我见他的次数不多。因为他常常请假。走廊上玻璃窗中请假栏内，"音乐李师"一块牌子常常摆着。他不请假的时候，②我们上他的音乐课，有一种特殊的感觉：严肃。摇过预备铃，我们走向音乐教室（这教室四面临空，独立在花园里，好比一个温室）。推进门去，先吃一惊：李先生早已端坐在讲台上。以为先生还没有到而嘴里随便唱着、喊着，或笑着、骂着而推进门去的同学，吃惊更是不小。他们的唱声、喊声、笑声、骂声以门槛为界限而忽然消灭。接着是低着头，红着脸，去端坐在自己的位子里。端坐在自己的位子里偷偷地仰起头来看看，看见李先生的高高的瘦削的上半身穿着整洁的黑布马褂，露出在讲桌上，宽广得可以走马的前额，细长的凤眼，隆正的鼻梁，形成威严的表情。扁平而阔的嘴唇两端常有深涡，显示和爱的表情。这副相貌，用"温而厉"三个字来描写，大概差不多了。讲桌上放着点名簿、讲义，以及他的教课笔记簿、粉笔。钢琴衣解开

---

① 文首至此的四段，在编入1957年版《缘缘堂随笔》时被作者删去。——编者注

② 从"一年中……"至此的几句，编入1957年版《缘缘堂随笔》时被作者删去。——编者注

着，琴盖开着，谱表摆着，琴头上又放着一只时表，闪闪的金光直射到我们的眼中。黑板（是上下两块可以推动的）上早已清楚地写好本课内所应写的东西（两块都写好，上块盖着下块，用下块时把上块推开）。在这样布置的讲台上，李先生端坐着。坐到上课铃响出（后来我们知道他这脾气，上音乐课必早到。故上课铃响时，同学早已到齐），他站起身来，深深地一鞠躬，课就开始了。这样地上课，空气严肃得很。

有一个人上音乐课时不唱歌而看别的书，有一个人上音乐课时吐痰在地板上，以为李先生不看见的，其实他都知道。但他不立刻责备，等到下课后，他用很轻而严肃的声音郑重地说："某某等一等出去。"于是这位某某同学只得站着。等到别的同学都出去了，他又用轻而严肃的声音向这某某同学和气地说："下次上课时不要看别的书。"或者："下次痰不要吐在地板上。"说过之后他微微一鞠躬，表示"你出去吧"。出来的人大都脸上发红，带着难为情的表情（我每次在教室外等着，亲自看到的）。又有一次下音乐课，最后出去的人无心把门一拉，碰得太重，发出很大的声音。他走了数十步之后，李先生走出门来，满面和气地叫他转来。等他到了，李先生又叫他进教室来。进了教室，李先生用很轻而严肃的声音向他和气地说："下次走出教室，轻轻地关门。"就对他一鞠躬，送他出门，自己轻轻地把门关了。最不易忘却的，是有一次上弹琴课的时候。我们是师范生，每人都要学弹琴，全校有五六十架风琴及两架钢琴。风琴每室两架，给学生练习用；钢琴一架放在唱歌教室里，一架放在弹琴教室里。上弹琴课时，十数人为一组，环立在琴旁，看李先生范奏。有一次正在范奏的时候，有一个同学放一个屁，没有声音，却是很臭。钢琴，李先生及十数同学全都沉浸在亚莫尼亚气体中。同学大都掩鼻或发出讨厌的声音。李先生眉头一皱，自管自弹琴（我想他一定屏息着）。弹到后来，亚莫尼亚气散光了，他的眉头方才舒展。教完以后，下课铃响了。李先生立起来一鞠躬，表示散课。散课以后，同学还未出门，李先生又郑重地宣告："大家等一等去，还有一句话。"大家又肃立了。李先生又用很轻而严肃的声音和气地说："以后放屁，到门外去，不要放在室内。"接着又一鞠躬，表示叫我们出去。同学都忍着笑，一出门来，大家快跑，跑到远处去大笑一顿。

李先生用这样的态度来教我们音乐，因此我们上音乐课时，觉得比其他一切课更严肃。同时对于音乐教师李叔同先生，比对其他教师更敬仰。他虽然常常请假，没有一个人怨他，似乎觉得他请假是应该的。但读者要知道，他的受人崇敬，不仅是为了上述的郑重态度的缘故；他的受人崇敬使人真心地折服，是另有背景的。背景是什么呢？就是他的人格。他的人格，值得我们崇敬的有两点：第一点是凡事认真，第二点是多才多艺。先讲第一点：李先生一生的最大特点是"凡事认真"。他对于一件事，不做则已，要做就非做得彻底不可。①

他出身于富裕之家，他的父亲是天津有名的银行家。他是第五位姨太太所生。他父亲生他时，年已七十二岁。他坠地后就遭父丧，又逢家庭之变，青年时就陪了他的生母南迁上海。在上海南洋公学读书奉母时，他是一个翩翩公子。当时上海文坛有著名的沪学会，李先生应沪学会征文，名字屡列第一。从此他就为沪上名人所器重，而交游日广，终以"才子"驰名于当时的上海。所以后来他母亲死了，他赴日本留学的时候，作一首《金缕曲》，词曰："披发佯狂走。莽中原，暮鸦啼彻，几株衰柳。破碎河山谁收拾，零落西风依旧。便惹得离人消瘦。行矣临流重太息，说相思刻骨双红豆。愁黯黯，浓于酒。漾情不断淞波溜。恨年年，絮飘萍泊，遮难回首。二十文章惊海内，毕竟空谈何有！听匣底苍龙狂吼。长夜西风眠不得，度群生那惜心肝剖。是祖国，忍孤负？"读这首词，可想见他当时豪气满胸，爱国热情炽盛。他出家时把过去的照片统统送我，我曾在照片中看见过当时在上海的他：丝绒碗帽，正中缀一方白玉，曲襟背心，花缎袍子，后面挂着胖辫子，底下缀带扎脚管，双梁厚底鞋子，头抬得很高，英俊之气，流露于眉目间。（读者恐没有见过上述的服装。这是光绪年间上海最时髦的打

---

① 从"他虽然常常请假，……"至此的数行，编入1957年版《缘缘堂随笔》时有删改。——编者注

扮。问你们的祖父母，一定知道。）真是当时上海一等的翩翩公子。这是最初表示他的特性：凡事认真。他立意要做翩翩公子，就彻底的做个翩翩公子。

后来他到日本，看见明治维新的文化，就渴慕西洋文明。他立刻放弃了翩翩公子的态度，改做一个留学生。他入东京美术学校，同时又入音乐学校。这些学校都是模仿西洋的，所教的都是西洋画和西洋音乐。李先生在南洋公学时英文学得很好；到了日本，就买了许多西洋文学书。他出家时曾送我一部残缺的原本《莎士比亚全集》，他对我说："这书我从前细读过，有许多笔记在上面，虽然不全，也是纪念物。"由此可想见他在日本时，对于西洋艺术全面进攻，绘画、音乐、文学、戏剧都研究。后来他在日本创办春柳剧社，纠集留学同志，共演当时西洋著名的悲剧《茶花女》（小仲马著）。他自己把腰束小，把发拖长，粉墨登场，扮作茶花女。这照片，他出家时也送给我，一向归我保藏，直到抗战时为兵火所毁。现在我还记得这照片：鬈发，白的上衣，白的长裙拖着地面，腰身小到一把，两手举起托着后头，头向右歪侧，眉峰紧蹙，眼波斜睇，正是茶花女自伤命薄的神情。另外还有许多演剧的照片，不可胜记。这春柳剧社后来迁回中国，李先生就脱出，由另一班人去办，便是中国最初的"话剧"社。由此可以想见，李先生在日本时，是彻头彻尾的一个留学生。我见过他当时的照片：高帽子、硬领、硬袖、燕尾服、史的克"手杖"、尖头皮鞋，加之长身、高鼻，没有脚的眼镜夹在鼻梁上，竟活像一个西洋人。这是第二次表示他的特性：凡事认真。学一样，像一样。要做留学生，就彻底地做个留学生。

他回国后，在上海太平洋报社当编辑。不久，就被南京高等师范请去教图画、音乐。后来又应杭州浙江两级师范学校（就是我就学的浙江第一师范的前身。李先生从两级师范一直教到第一师范）之聘，同时教两地两校，每月中半个月住南京，半个月住杭州。两校都请助教，他不在时由助教代课。这时候，李先生已由留学生变为"教师"。这一变，变得真彻底：漂亮的洋装不穿了，却换上灰色粗布袍子、黑布马褂、布底鞋子。金丝边眼镜也换了黑的钢丝边眼镜。他是一个修养很深的美术家，所以对于仪表很讲究。虽然布衣，形式却很称身，色泽常常整洁。他穿布衣，全无穷相，而另具一种朴素的美。你可想见，他是扮过茶花女的，身材生得非常窈窕。穿了布衣，仍是一个美男子。"淡妆浓抹总相宜"，这诗句原是描写西子的，但拿来形容我们的李先生的仪表，也最适用。今人侈谈"生活艺术化"，大都好奇立异，非艺术的。李先生的服装，才真可称为生活的艺术化。他一时代的服装，表出着一时代的思想与生活。各时代的思想与生活判然不同，各时代的服装也判然不同。布衣布鞋的李先生，与洋装时代的李先生、曲襟背心时代的李先生，判若三人。这是第三次表示他的特性：认真。

我二年级时，图画归李先生教。他教我们木炭石膏模型写生。同学一向描惯临画，起初无从着手。四十余人中，竟没有一个人描得像样的。后来他范画给我们看。画毕把范画揭在黑板上。同学们大都看着黑板临摹。只有我和少数同学，依他的方法从石膏模型写生。我对于写生，从这时候开始发生兴味。我到此时，恍然大悟：那些粉本原是别人看了实物而写生出来的。我们也应该直接从实物写生入手，何必临摹他人，依样画葫芦呢？于是我的画进步起来。有一晚，我为级长的公事，到李先生房间里去报告。报告毕，我将退出，李先生喊我转来，又用很轻而严肃的声音和气地对我说："你的图画进步快。我在南京和杭州两处教课，没有见过像你这样进步快速的人。你以后可以……"当晚这几句话，便确定了我的一生。可惜我不记得年月日时，又不相信算命。如果记得，而又迷信算命先生的话，算起命来，这一晚一定是我一生中一个重要关口。因为从这晚起，我打定主意，专门学画，把一生奉献给艺术，直到现在没有变志。从这晚以后，我对师范学校的功课忽然懈怠，常常逃课学画。以前学期考试联列第一，此后一落千丈，有时竟考末名。幸有前两年的好成绩，平均起来，毕业成绩犹得第二十名。这些关于我的话现在不应详述。且说李先生自此以后，①与我接近的机会更多。因为我常去请他教画，又教

① 从"有一晚，……"至此的十几行，在编入1957年版《缘缘堂随笔》时被作者删改。——编者注

日本文。因此以后的李先生的生活，我所知道的更为详细。他本来常读性理的书，后来忽然信了道教，案头常常放着道教的经书。那时我还是一个毛头青年，谈不到宗教。李先生除绘事外，并不对我谈道。但我发见他的生活日渐收敛起来，像一个人就要动身赴远方时的模样。他常把自己不用的东西送给我。后来又介绍我从夏丏尊先生学日本文，因他没有工夫教我。他的朋友日本画家大野隆德、河合新藏、三宅克己等到西湖来写生时，他带了我去请他们吃一次饭，以后就把这些日本人交给我，叫我引导他们（我当时已能讲普通应酬的日本话）。他自己就关起房门来研究道学。有一天，他决定入大慈山去断食，我有课事，不能陪去，由校工闻玉陪去。数日之后，我去望他。见他躺在床上，面容消瘦，但精神很好，对我讲话，同平时差不多。他断食共十七日，由闻玉扶起来，摄一个影，影片上端由闻玉题字："李息翁先生断食后之像，侍子闻玉题。"这照片后来制成明信片分送朋友。像的下面用铅字排印着："某年月日，入大慈山断食十七日，身心灵化，欢乐康强——欣欣道人记。"李先生这时候已由"教师"一变而为"道人"了。学道就断食十七日，也是他凡事认真的表示。

但他学道的时候很短。断食以后，不久他就学佛。他自己对我说：他的学佛是受马一浮先生指示的。出家前数日，他同我到西湖玉泉去看一位程中和先生。这程先生原来是当军人的，现在退伍，住在玉泉，正想出家为僧。李先生同他谈得很久。此后不久，我陪大野隆德到玉泉去投宿，看见一个和尚坐着，正是这位程先生。我想称他"程先生"，觉得不合。想称他法师，又不知道他的法名（后来知道是弘伞）。一时周章得很。我回去对李先生讲了，李先生告诉我，他不久也要出家为僧，就做弘伞的师弟。我愕然不知所对。过了几天，他果然辞职，要去出家。出家的前晚，他叫我和同学叶天瑞、李增庸三人到他的房间里，把房间里所有的东西送给我们三人。第二天，我们三人送他到虎跑。我们回来分得了他的"遗产"，再去望他时，他已光着头皮，穿着僧衣，俨然一位清癯的法师了。我从此改口，称他为"法师"。法师的僧腊（就是做和尚的年代）二十四年。这二十四年中，我颠沛流离，他一贯到底，而且修行功夫愈进愈深。当初修净土宗，后来又修律宗。律宗是讲究戒律的。一举一动，都有规律，做人认真得很。这是佛门中最难修的一宗。数百年来，传统断绝，直到弘一法师方才复兴，所以佛门中称他为"重兴南山律宗第十一代祖师"。修律宗如何认真呢？一举一动，都要当心，勿犯戒律（戒律很详细，弘一法师手写一部，昔年由中华书局印行的，名曰《四分律比丘戒相表记》）。[①]举一例说：有一次我寄一卷宣纸去，请弘一法师写佛号。宣纸很多，佛号所需很少。他

---

① 从"修律宗如何认真呢"至此的数行，在编入1957年版的《缘缘堂随笔》时有删改，现据旧版恢复。——编者注

就要来信问我，余多的宣纸如何处置。我原是多备一点，由他随意处置的，但没有说明，这些纸的所有权就模糊，他非问明不可。我连忙写回信去说，多余的纸，赠与法师，请随意处置。以后寄纸，我就预先说明这一点了。又有一次，我寄回件邮票去，多了几分。他把多的几分寄还我。以后我寄邮票，就预先声明：多余的邮票送与法师。诸如此类，俗人马虎的地方，修律宗的人都要认真。[①]有一次他到我家。我请他藤椅子里坐。他把藤椅子轻轻摇动，然后慢慢地坐下去。起先我不敢问。后来看他每次都如此，我就启问。法师回答我说："这椅子里头，两根藤之间，也许有小虫伏着。突然坐下去，要把它们压死，所以先摇动一下，慢慢地坐下去，好让它们走避。"读者听到这话，也许要笑。但这正是做人认真至极的表示。模仿这种认真的精神去做社会事业，何事不成，何功不就？我们对于宗教上的事情，不可拘泥其"事"，应该观察其"理"。[②]

如上所述，弘一法师由翩翩公子一变而为留学生，又变而为教师，三变而为道人，四变而为和尚。每做一种人，都十分像样。好比全能的优伶：起老生像个老生，起小生像个小生，

---

①　从"诸如此类"至此的数句，在1957年版《缘缘堂随笔》中删去。——编者注

②　从"模仿这种认真的精神……"至此的几句，在1957年版《缘缘堂随笔》中被作者删去。——编者注

起大面又很像个大面……都是"认真"的缘故。以上已经说明了李先生人格上的第一特点。①

李先生人格上的第二特点是"多才多艺"。西洋文艺批评家批评德国的歌剧大家华葛纳尔（瓦格纳）（Wagner）有这样的话："阿普洛（阿波罗）（Appolo，文艺之神）右手持文才，左手持乐才，分赠给世间的文学家和音乐家。华葛纳尔却兼得了他两手的赠物。"意思是说，华葛纳尔能作曲，又能作歌，所以做了歌剧大家。拿这句话批评我们的李先生，实在还不够用。李先生不但能作曲，能作歌，又能作画，作文，吟诗，填词，写字，治金石，演剧。他对于艺术，差不多全般皆能。而且每种都很出色。专门一种的艺术家大都不及他，要向他学习。作曲和作歌，读者可在开明书店出版的《中文名歌五十曲》中窥见。这集子中载着李先生的作品不少。每曲都脍炙人口。他的油画，大部分寄存在北平（北京）美专，现在大概还在北平。写实风而兼印象派笔调，每幅都很稳健，精到，为我国洋画界难得的佳作。他的诗词文章，载在从前出版的《南社文集》中，典雅秀丽，不亚于苏曼殊。他的字，功夫尤深，早年学黄山谷，中年专研北碑，得力于《张猛龙碑》尤多。晚年写佛经，脱胎化骨，自成一家，轻描淡写，毫无烟

---

① 从这最后一句至全文结束的几段，在编入1957年版《缘缘堂随笔》时被作者删去，改为数行结束语。——编者注

火气。他的金石，同字一样秀美。出家前，他的友人把他所刻的印章集合起来，藏在西湖上西泠印社的石壁的洞里。洞口用水泥封好，题着"息翁印藏"四字（现在也许已被日本人偷去）。他的演剧，前已说过，是中国话剧的鼻祖。总之，在艺术上，他是无所不精的一个作家。艺术之外，他又曾研究理学（阳明、程、朱之学，他都做过功夫。后来由此转入道教，又转入佛教的）。研究外国文，……李先生多才多艺，一通百通。所以他虽然只教我音乐图画，他所擅长的却不止这两种。换言之，他的教授图画音乐，有许多其他修养作背景，所以我们不得不崇敬他。借夏先生的话来讲：他做教师，有人格作背景，好比佛菩萨的有"后光"。所以他从不威胁学生，而学生见他自生畏敬。从不严责学生（反之，他自己常常请假），而学生自会用功。他是实行人格感化的一位大教育家。我敢说：自有学校以来，自有教师以来，未有盛于李先生者也。

青年的读者，看到这里，也许要发生这样的疑念：李先生为什么不做教育家，不做艺术家，而做和尚呢？

是的，我曾听到许多人发这样的疑问。他们的意思，大概以为做和尚是迷信的，消极的，暴弃的，可惜得很！倘不做和尚，他可在这僧腊二十四年中教育不少的人才，创作不少的作品，这才有功于世呢。

这话，近看是对的，远看却不对。用低浅的眼光，从世俗习惯上看，办教育，制作品，实实在在的事业，当然比做和尚有功于世。远看，用高远的眼光，从人生根本上看，宗教的崇高伟大，远在教育之上。——但在这里须加重要声明：一般所谓佛教，千百年来早已歪曲化而失却真正佛教的本意。一般佛寺里的和尚，其实是另一种奇怪的人，与真正佛教毫无关系。因此世人对佛教的误解，越弄越深。和尚大都以念经念佛做道场为营业。居士大都想拿佞佛来换得世间名利恭敬，甚或来生福报。还有一班恋爱失败，经济破产，作恶犯罪的人，走投无路，遁入空门，以佛门为避难所。于是乎，未曾认明佛教真相的人，就排斥佛教，指为消极，迷信，而非打倒不可。歪曲的佛教应该打倒；但真正的佛教，崇高伟大，胜于一切。——读者只要穷究自身的意义，便可相信这话。譬如：为什么入学校？为了欲得教养。为什么欲得教养？为了要做事业。为什么要做事业？为了满足你的人生欲望。再问下去，为什么要满足你的人生欲望？你想了一想，一时找不到根据，而难于答复。你再想一想，就会感到疑惑与虚空。你三想的时候，也许会感到苦闷与悲哀。这时候你就要请教"哲学"，和他的老兄"宗教"。这时候你才相信真正的佛教高于一切。

所以李先生的放弃教育与艺术而修佛法，好比出于幽谷，迁于乔木，不是可惜的，正是可庆的。

弘一法师逝世（1943年10月13日）后

第一百六十七日作于四川五通桥旅舍

悼丏师①

　　我从重庆郊外迁居城中，候船返沪。刚才迁到，接得夏丏尊老师逝世的消息。记得三年前，我从遵义迁重庆，临行时接得弘一法师往生的电报。我所敬爱的两位教师的最后消息，都在我行旅侘傺的时候传到。这偶然的事，在我觉得很是蹊跷。因为这两位老师同样的可敬可爱，昔年曾经给我同样宝贵的教诲；如今噩耗传来，也好比给我同样的最后训示。这使我感到分外的哀悼与警惕。

　　我早已确信夏先生是要死的，同确信任何人都要死的一样。但料不到如此其速。八年违教，快要再见，而终于不得再见！真是天实为之，谓之何哉！

　　犹忆二十六年（1937）秋，卢沟桥事变之际，我从南京回杭州，中途在上海下车，到梧州路去看夏先生。先生满面忧愁，说一句话，叹一口气。我因为要乘当天的夜车返杭，匆匆告别。我说："夏先生再见。"夏先生好像骂我一般愤然地答

　　① 本篇曾载1946年5月16日《川中晨报》副刊《今日文艺》第11期。编入1957年版《缘缘堂随笔》时，改名《悼夏丏尊先生》。——编者注

道："不晓得能不能再见！"同时又用凝注的眼光，站立在门口目送我。我回头对他发笑。因为夏先生老是善愁，而我总是笑他多忧。岂知这一次正是我们的最后一面，果然这一别"不能再见"了！

后来我扶老携幼，仓皇出奔，辗转长沙、桂林、宜山、遵义、重庆各地。夏先生始终住在上海。初年还常通信。自从夏先生被敌人捉去监禁了一回之后，我就不敢写信给他，免得使他受累。胜利一到，我写了一封长信给他。见他回信的笔迹依旧遒劲挺秀，我很高兴。字是精神的象征，足证夏先生精神依旧。当时以为马上可以再见了，岂知交通与生活日益困难，使我不能早归；终于在胜利后八个半月的今日，在这山城客寓中接到他的噩耗，也可说是"抱恨终天"的事！

夏先生之死，使"文坛少了一位老将"，"青年失了一位导师"，这些话一定有许多人说，用不着我再讲。我现在只就我们的师弟情缘上表示哀悼之情。

夏先生与李叔同先生（弘一法师），具有同样的才调，同样的胸怀。不过表面上一位做和尚，一位是居士而已。

犹忆三十余年前，我当学生的时候，李先生教我们图画、音乐，夏先生教我们国文。我觉得这三种学科同样的严肃而有兴趣。就为了他们二人同样的深解文艺的真谛，故能引人入胜。夏先生常说："李先生教图画、音乐，学生对图画、音乐，看得比国文、数学等更重。这是有人格作背景的缘故，因为他教图画、音乐，而他所懂得的不仅是图画、音乐；他的诗文比国文先生的更好，他的书法比习字先生的更好，他的英文比英文先生的更好……这好比一尊佛像，有后光，故能令人敬仰。"这话也可说是"夫子自道"。夏先生初任舍监，后来教国文。但他也是博学多能，只除不弄音乐以外，其他诗文、绘画（鉴赏）、金石、书法、理学、佛典，以至外国文、科学等，他都懂得。因此能和李先生交游，因此能得学生的心悦诚服。

他当舍监的时候，学生们私下给他起个诨名，叫夏木瓜。但这并非恶意，却是好心。因为他对学生如对子女，率直开导，不用敷衍、欺蒙、压迫等手段。学生们最初觉得忠言逆耳，看见他的头大而圆，就给他起这个诨名。但后来大家都知道夏先生是真爱我们，这绰号就变成了爱称而沿用下去。凡学生有所请愿，大家都说："同夏木瓜讲，这才成功。"他听到请愿，也许暗呜叱咤地骂你一顿；但如果你的请愿合乎情理，他就当作自己的请愿，而替你设法了。

他教国文的时候，正是"五四"将近。我们做惯了"太王留别父老书""黄花主人致无肠公子书"之类的文题之后，他突然叫我们做一篇"自述"。而且说："不准讲空话，要老实写。"有一位同学，写他父亲客死他乡，他"星夜匍匐奔丧"。夏先生苦笑着问他："你那天晚上真个是在地上爬去的？"引得大家发笑，那位同学脸孔绯红。又有一位同学发牢骚，赞隐遁，说要"乐琴书以消忧，抚孤松而盘桓"。夏先生厉声问他："你为什么来考师范学校？"弄得那人无言可对。这样的教法，最初被顽固守旧的青年所反对。他们以为文章不用古典，不发牢骚，就不高雅。竟有人说："他自己不会做古文（其实做得很好），所以不许学生做。"但这样的人，毕竟是少数。多数学生，对夏先生这种从来未有的、大胆的革命主张，觉得惊奇与折服，好似长梦猛醒，恍悟今是昨非，这正是五四运动的初步。

李先生做教师，以身作则，不多讲话，使学生衷心感动，自然诚服。譬如上课，他一定先到教室，黑板上应写的，都先写好（用另一黑板遮住，用到的时候推开来）。然后端坐在讲台上等学生到齐。譬如学生还琴时弹错了，他举目对你一看，但说："下次再还。"有时他没有说，学生吃了他一眼，自己请求下次再还了。他话很少，说时总是和颜悦色的。但学生非常怕他，敬爱他。夏先生则不然，毫无矜持，有话直说。学生便嬉皮笑脸，同他亲近。偶然走过校庭，看见年纪小的学生弄狗，他也要管："为啥同狗为难！"放假日子，学生出门，夏先生看见了便喊："早些回来，勿可吃酒啊！"学生笑着连说："不吃，不吃！"赶快走路。走得远了，夏先生还要大喊："铜钿少用些！"学生一方面笑他，一方面实在感激他，敬爱他。

夏先生与李先生对学生的态度，完全不同。而学生对他们的敬爱，则完全相同。这两位导师，如同父母一样。李先生的是"爸爸的教育"，夏先生的是"妈妈的教育"。夏先生后来翻译的《爱的教育》，风行国内，深入人心，甚至被取作国文教材。这不是偶然的事。

我师范毕业后，就赴日本。从日本回来就同夏先生共事，当教师，当编辑。我遭母丧后辞职闲居，直至逃难。但其间与书店关系仍多，常到上海与夏先生相晤。故自我离开夏先生的绛帐，直到抗战前数日的诀别，二十年间，常与夏先生接近，不断地受他的教诲。其时李先生已经做了和尚，芒鞋破钵，云游四方，和夏先生仿佛是两个世界的人。但在我觉得仍是以前的两位导师，不过所导的对象由学校扩大为人世罢了。

李先生不是"走投无路，遁入空门"的，是为了人生根本问题而做和尚的。他是真正的做和尚，他是痛感于众生疾苦愚迷，要彻底解决人生根本问题，而"行大丈夫事"的。世间一切事业，没有比做真正的和尚更伟大的了；世间一切人物，没有比真正的和尚更具大丈夫相的了。夏先生虽然没有做和尚，但也是完全理解李先生的胸怀的；他是赞善李先生的行大丈夫事的。只因种种尘缘的牵阻，使夏先生没有勇气行大丈夫事。夏先生一生的忧愁苦闷，由此发生。

凡熟识夏先生的人，没有一个不晓得夏先生是个多忧善愁的人。他看见世间的一切不快、不安、不真、不善、不美的状态，都要皱眉，叹气。他不但忧自家，又忧友，忧校，忧店，忧国，忧世。朋友中有人生病了，夏先生就皱着眉头替他担忧；有人失业了，夏先生又皱着眉头替他着急；有人吵架了，有人吃醉了，甚至朋友的太太要生产了，小孩子跌跤了……夏先生都要皱着眉头替他们忧愁。学校的问题，公司的问题，别人都当作例行公事处理的，夏先生却当作自家的问题，真心地担忧。国家的事，世界的事，别人当作历史小说看的，在夏先生都是切身问题，真心地忧愁，皱眉，叹气。故我和他共事的时候，对夏先生凡事都要讲得乐观些，有时竟瞒过他，免得使他增忧。他和李先生一样的痛感众生的疾苦愚迷。但他不能和李先生一样地彻底解决人生根本问题而行大丈夫事；他只能忧伤终老。在"人世"这个大学校里，这二位导师所施的仍是"爸爸的教育"与"妈妈的教育"。

朋友的太太生产，小孩子跌跤等事，都要夏先生担忧。那么，八年来水深火热的上海生活，不知为夏先生增添了几十万斛的忧愁！忧能伤人，夏先生之死，是供给忧愁材料的社会所致使，日本侵略者所促成的！

以往我每逢写一篇文章，写完之后，总要想："不知这篇东西夏先生看了怎么说。"因为我的写文，是在夏先生的指导鼓励之下学起来的。今天写完了这篇文章，我又本能地想："不知这篇东西夏先生看了怎么说。"两行热泪，一齐沉重地落在这原稿纸上。

卅五（1946）年五月一日于重庆客寓

第三辑

艺术的感悟

圆满的人格好比一个鼎，

"真、善、美"好比鼎的三足……

真善生美，美生艺术。

精神的粮食

人生目的为何？从伦理的哲学的言之，要不外乎欲得理想的生活。亦即欲得快乐的生活。换言之，欲满足种种欲望。人欲有五：食欲，色欲，知欲，德欲，美欲是也。食色二欲为物质的，为人生根本二大欲。但人决不能仅此满足即止，必进而求其它精神的三大欲之满足。此为人生快乐的向上，向上不已，食色二欲中渐渐混入美欲，终于由美欲取代食色二欲，是为欲之升华。升华之极，轻物质而重精神。所欲有甚于生，人生即达于"不朽"之理想境域。故精神的粮食，有时更重于物质的粮食。浅而言之，儿童之求游戏有时甚于求食。囚犯之苦寂寞有时甚于饥寒。反之，发奋忘食，闻乐不知肉味，亦不独孔子为然，人皆有之，不过程度有差等耳。今人职业与事业不符者，苦痛万状。因职业只供物质的粮食，而不供精神的粮食也。

以艺术为粮，则造型美术如食物，诗文、音乐如饮料，演剧、舞蹈如盛筵。

于艺术中求五味，则闲适诗，纯绘画（图案，四君子等），纯音乐［Bach（巴赫）］等作品，注重形式，悦目赏心，其味如甜。记叙，描写，抒情之诗；史画，院画，诗画，描写乐，标题乐及歌曲，兼重内容，言之有物，其味如咸。讽喻诗，宣传画（poster），漫画，军乐，战歌，动心忍性，其味如辣。感伤诗，浪漫画，哀乐，夜曲，清幽隽永，其味如酸。至于淫荡之诗，恶俗之画，靡靡之音，则令人呕吐，其味如臭矣。

图画与人生

　　我今天所要讲的，是"图画与人生"。就是图画对人有什么用处？就是做人为什么要描图画，就是图画同人生有什么关系？

　　这问题其实很容易解说：图画是给人看看的。人为了要看看，所以描图画。图画同人生的关系，就只是"看看"。

　　"看看"，好像是很不重要的一件事，其实同衣食住行四大事一样重要。这不是我在这里说大话，你只要问你自己的眼睛，便知道。眼睛这件东西，实在很奇怪：看来好像不要吃饭，不要穿衣，不要住房子，不要乘火车，其实对于衣食住行四大事，他都有份，都要干涉。人皆以为嘴巴要吃，身体要穿，人生为衣食而奔走，其实眼睛也要吃，也要穿，还有种种要求，比嘴巴和身体更难服侍呢。

　　所以要讲图画同人生的关系，先要知道眼睛的脾气。我们可拿眼睛来同嘴巴比较：眼睛和嘴巴，有相同的地方，有相异的地方，又有相关联的地方。

　　相同的地方在哪里呢？我们用嘴巴吃食物，可以营养肉体；我们用眼睛看美景，可以营养精神。——营养这一点是相同的。譬如看见一片美丽的风景，心里觉得愉快；看见一张美丽的图画，心里觉得欢喜。这都是营养精神的。所以我们可以说：嘴巴是肉体的嘴巴，眼睛是精神的嘴巴——二者同是吸收养料的器官。

相异的地方在哪里呢？嘴巴的辨别滋味，不必练习。无论哪一个人，只要是生嘴巴的，都能知道滋味的好坏，不必请先生教。所以学校里没有"吃东西"这一项科目。反之，眼睛的辨别美丑，即眼睛的美术鉴赏力，必须经过练习，方才能够进步。所以学校里要特设"图画"这一项科目，用以练训学生的眼睛。眼睛和嘴巴的相异，就在要练习和不要练习这一点上。譬如现在有一桌好菜蔬，都是山珍海味，请一位大艺术家和一位小学生同吃。他们一样地晓得好吃。反之，倘看一幅名画，请大艺术家看，他能完全懂得它的好处。请小学生看，就不能完全懂得，或者莫名其妙。可见嘴巴不要练习，而眼睛必须练习。所以嘴巴的味觉，称为"下等感觉"。眼睛的视觉，称为"高等感觉"。

相关联的地方在哪里呢？原来我们吃东西，不仅用嘴巴，同时又兼用眼睛。所以烧一碗菜，油盐酱醋要配得好吃，同时这碗菜的样子也要装得好看。倘使乱七八糟地装一下，即使滋味没有变，但是我们看了心中不快，吃起来滋味也就差一点。反转来说，食物的滋味并不很好，倘使装潢得好看，我们见了，心中先起快感，吃起来滋味也就好一点。学校里的厨房司务很懂得这个道理。他们做饭菜要偷工减料，常把形式装得很好看。风吹得动的几片肉，盖在白菜面上，排成图案形。两三个铜板一斤的萝卜，切成几何形体，使厨房司务不懂得装菜的方法，各地的学校恐怕天天要闹一次饭厅呢。外国人尤其精通这个方法。洋式的糖果，作种种形式，又用五色纸，金银纸来包裹。拿这种糖请盲子吃，味道一定很平常。但请亮子吃，味道就好得多。因为眼睛相帮嘴巴在那里吃，故形式好看的，滋味也就觉得好吃些。

眼睛不但和嘴巴相关联，又和其他一切感觉相关联。譬如衣服，原来是为了使身体温暖而穿的，但同时又求其质料和形式的美观。譬如房子，原来是为了遮蔽风雨而造的，但同时又求其建筑和布置的美观。可知人生不但用眼睛吃东西，又用眼睛穿衣服，用眼睛住房子。古人说："人之所以异于禽兽者，几希。"我想，这"几希"恐怕就在眼睛里头。

人因为有这样的一双眼睛，所以人的一切生活，实用之外又必讲求趣味。一切东西，好用之外又求其好看。一匣自来火，一只螺旋钉，也在好用之外力求其好看。这是人类的特性。人类在很早的时代就具有这个特性。在上古，穴居野处，茹毛饮血的时代，人们早已懂得装饰。他们在山洞的壁上描写野兽的模样，在打猎用的石刀的柄上雕刻图案的花纹，又在自己的身体上施以种种装饰，表示他们要好看，这种心理和行为发达起来，进步起来，就成为"美术"。故美术是为了眼睛的要求而产生的一种文化。故人生的衣食住行，从表面看来好像和眼睛都没有关系，其实件件都同眼睛有关。越是文明进步的人，眼睛的要求越是大。人人都说"面包问题"是人生的大事。其实人生不单要吃，又要看；不单为嘴巴，又为眼睛；不单靠面包，又靠美术。面包是肉体的食粮，美术是精神的食粮。没有了面包，人的肉体要死。没有了美术，人的精神也要死——人就同禽兽一样。

上面所说的，总而言之，人为了有眼睛，故必须有美术。现在我要继续告诉你们：一切美术，以图画为本位，所以人人应该学习图画。原来美术共有四种，即建筑，雕塑，图画，和工艺。建筑就是造房子之类，雕塑就是塑铜像之类，图画不必说明，工艺就是制造什用器具之类。这四种美术，可用两种方法来给它们分类。第一种，依照美术的形式而分类，则建筑，雕刻，工艺，在立体上表现的叫做"立体美术"。图画，在平面上表现的，叫做"平面美术"。第二种，依照美术的用途而分类，则建筑，雕塑，工艺，大多数除了看看之外又有实用（譬如住宅供人居住，铜像供人瞻拜，茶壶供人泡茶）的，叫做"实用美术"。图画，大多数只给人看看，别无实用的，叫做"欣赏美术"。这样看来，图画是平面美术，又是欣赏美术。为什么这是一切美术的本位呢？其理由有二：

第一，因为图画能在平面上作立体的表现，故兼有平面与立体的效果。这是很明显的事，平面的画纸上描一只桌子，望去四只脚有远近。描一条走廊，望去有好几丈长。描一条铁路，望去有好几里远。因为图画有两种方法，能在平面上假装出立体来，其方法叫做"远近法"和"阴影法"。用了远近法，一寸长的线可以看成好几里路。用了阴影法，平面的可以看成凌空。故图画虽是平面的表现，却包括立体的研究。所以学建筑，学雕塑的人，必须先从学图画入手。美术学校里的建筑科，雕塑科，第一年的课程仍是图画，以后亦常常用图画为辅助。反之，学图画的人就不必兼学建筑或雕塑。

第二，因为图画的欣赏可以应用在实生活上，故图画兼有欣赏与实用的效果。譬如画一只苹果，一朵花，这些画本身原只能看看，毫无实用。但研究了苹果的色彩，可以应用在装饰图案上，研究了花瓣的线条，可以应用在瓷器的形式上。所以欣赏不是无用的娱乐，乃是间接的实用。所以学校里的图画科，尽管画苹果，香蕉，花瓶，茶壶等没有用处的画。由此所得的眼睛的练习，便已受用无穷。

因了这两个理由——图画在平面中包括立体，在欣赏中包括实用——所以图画是一切美术的本位。我们要有美术的修养，只要练习图画就是。但如何练习，倒是一件重要的事，要请大家注意：上面说过，图画兼有欣赏与实用两种效果。欣赏是美的，实用是真的，故图画练习必须兼顾"真"和"美"这两个条件。具体地说：譬如描一瓶花，要仔细观察花，叶，瓶的形状，大小，方向，色彩，不使描错。这是"真"的方面的功夫。同时又须巧妙地配合，巧妙地布置，使它妥帖。这是"美"的方面的功夫。换句话说，我们要把这瓶花描得像真物一样，同时又要描得美观。再换一句话说，我们要模仿花，叶，瓶的形状色彩，同时又要创造这幅画的构图。总而言之，图画要兼重描写和配置，肖似和美观，模仿和创作，即兼有真和美。偏废一方面的，就不是正当的练习法。

在中国，图画观念错误的人很多。其错误就由于上述的真和美的偏废而来，故有两种。第一种偏废美的，把图画看作照相，以为描画的目的但求描得细致，描得像真的东西一样。称赞一幅画好，就说"描得很像"。批评一幅画坏，就说"描得不像"。这就是求真而不求美，但顾实用而不顾欣赏，是错误的。图画并非不要描得像，但像之外又要它美。没有美而只有像，顶多只抵得一张照相。现在照相机很便宜，三五块钱也可以买一只。我们又何苦费许多宝贵的钟头来把自己的头脑造成一架只值三五块钱的照相机呢？这是偏废了美的错误。

第二种，偏废真的，把图画看作"琴棋书画"的画。以为"画画儿"，是一种娱乐，是一种游戏，是消遣的。于是上图画课的时候，不肯出力，只想享乐。形状还描不正确，就要讲画意。颜料还不会调，就想制作品。这都是把图画看作"琴棋书画"的画的缘故。原来弹琴，写字，描画，都是高深的艺术。不知哪一个古人，把"着棋"这种玩意儿凑在里头，于是琴，书，画三者都带了娱乐的，游戏的，消遣的性质，降低了它们的地位，这实在是亵渎艺术！"着棋"这一件事，原也很难；但其效用也不过像叉麻雀，消磨光阴，排遣无聊而已，不能同音乐，绘画，书法排在一起。倘使着棋可算是艺术，叉麻雀也变成艺术，学校里不妨添设一科"麻雀"了。但我国有许多人，的确把音乐，图画看成与麻雀相近的东西。这正是"琴棋书画"四个字的流弊。现代的青年，非改正这观念不可。

图画为什么和着棋，叉麻雀不同呢？就是为了图画有一种精神——图画的精神，可以陶冶我们的心。这就是拿描图画一样的真又美的精神来应用在人的生活上。怎样应用呢？我们可拿数学来作比方。数学的四则问题中，有龟鹤问题：龟鹤同住在一个笼里，一共几个头，几只脚，求龟鹤各几只？又有年龄问题：几年前父年为子年之几倍，几年后父年为子年之几倍？这种问题中所讲的事实，在人生中难得逢到。有谁高兴真个把乌龟同鹤关在一只笼子里，教人猜呢？又有谁真个要算父年为子年的几倍呢？这原不过是要借这种奇奇怪怪的问题来训练人的头脑，使头脑精密起来。然后拿这精密的头脑来应用在人的一切生活上。我们又可拿体育来比方，体育中有跳高，跳远，掷铁球，掷铁饼等武艺。这在我们的日常生活中也很少用处。有谁常要跳高，跳远，有谁常要掷铁球铁饼呢？这原不过是要借这种武艺来训练人的体格，使体格强健起来。然后拿这强健的体格去做人生一切的事业。图画就同数学和体育一样。人生不一定要画苹果，香蕉，花瓶，茶壶。原不过要借这种研究来训练人的眼睛，使眼睛正确而又敏感，真而又美。然后拿这真和美来应用在人的物质生活上，使衣食住行都美化起来；应用在人的精神生活上，使人生的趣味丰富起来。这就是所谓"艺术的陶冶"。

图画原不过是"看看"的。但因为眼睛是精神的嘴巴，美术是精神的粮食，图画是美术的本位，故"看看"这件事在人生竟有了这般重大的意义。今天在收音机旁听我讲演的人，一定大家是有一双眼睛的，请各自体验一下，看我的话有没有说错。

廿五（1936）年九月十二日下午四时半
至五时，中央广播电台播音演讲稿

音乐与人生[①]

　　一定有多数的学生感到：上音乐课——唱歌——比上别的课更为可亲，音乐教室里的空气比别处的空气更为温暖。即此一点，已可窥见音乐与人生关系的深切。艺术对于人心都有很大的感化力。音乐为最微妙而神秘的艺术。故其对于人生的潜移默化之力也最大。对于个人，音乐好像益友而兼良师；对于团体生活，音乐是一个无形而有力的向导者。

　　个人所受于音乐的惠赐，主要的是慰安与陶冶。

　　我们的生活，无论求学、办事、做工，都要天天运用理智，不但身体勤劳，精神上也是很辛苦的。故古人有"世智""尘劳"等话。可见我们的理智生活很多辛苦，感情生活是常被这世智所抑制而难得舒展的。给我以舒展感情生活的机会的，只有艺术。而艺术中最流动的、活泼的音乐，给我们精神上的慰安尤大。故生活辛劳的人，都自然地要求音乐。像农夫有田歌，舟人有棹歌，做母亲的有摇篮歌，一般劳动者都喜唱山歌，便是其实例。他们一日间生活的辛苦，可因这音乐的

---

　　① 本篇选自上海开明书店出版的《开明音乐教本·乐理编》。

慰安而恢复。故外国的音乐论者说："music as food"。其意思就是说，音乐在人生同食物一样重要。食物是营养身体的，音乐是营养精神的，即"音乐是精神的食粮"。

音乐既是精神的食粮，其影响于人生的力当然很大。良好的音乐可以陶冶精神，不良的音乐可以伤害人心。故音乐性质的良否，必须审慎选择。譬如饮料，牛乳的性质良好，饮了可使身体健康；酒的性质不良，饮了有害身体。音乐也如此，高尚的音乐能把人心潜移默化，养成健全的人格；反之，不良的音乐也会把人心潜移默化，使他不知不觉地堕落。故我们必须慎选良好的音乐，方可获得陶冶之益。古人说，"作乐崇德"，就是因为良好的音乐，不仅慰安，又能陶冶人心，而崇高人的道德。学校中定音乐为必修科，其主旨也在此。所以说，音乐对于个人是益友而兼良师。

团体所受于音乐的支配力更大。吾人听着或唱着一种音乐时，其感情同化于音乐的曲趣中。故大众同听或同唱一种音乐时，大众的感情就融洽，团结的精神便一致。爱国歌可使万民慷慨激昂，军歌可使三军勇往直前，追悼歌可使大众感慨流泪，便是音乐的神秘的支配力的显示。古人有"乐以教和"的话，其意思就是说，音乐能使大众的心一致和洽。故自来音乐的发达与否，常与民族的盛衰相关，其例证很多：我国古时周公制礼作乐，而周朝国势全盛，罗马查理大帝（Charlemagne，768—814）的统一欧洲，正是"格列高里式歌谣（格里哥利圣咏）" ［上代罗马法王（教皇）Gregory I（格里哥利一世）所倡的音乐］发达的时代。普法战争以前的德国，国势非常强盛。当时国内音乐也非常发达，裴德芬（贝多芬）（Beethoven）、修裴尔德（舒伯特）（Schubert）、孟特尔仲（门德尔松）（Mendelssohn）、修芒（舒曼）（Schumann）、勃拉姆斯（Brahms）等大音乐家辈出，握世界音乐的霸权。又如西班牙国力衰弱时，国内不正当的俗乐非常流行，日本江户时代盛行淫荡的俗乐，国势就很衰弱。凡此诸例，虽然不能确定音乐的盛衰是民族盛衰的原因，但至少是两者互相为因果的。郑卫的音乐被称为"亡国之音"。可知音乐可以兴国，也可以亡国。所以说，音乐对于团体是有力的向导者。

今日的中国，正需要着这有力的向导者。我们的民族精神如此不振，缺乏良好的大众音乐是其一大原因。欲弥补这缺陷，需要当局的提倡，作家的努力和群众的理解。这册教科书的效用只及于最后的一项而已。

艺术与艺术家

　　圆满的人格好比一个鼎，"真、善、美"好比鼎的三足。缺了一足，鼎就站不住，而三者之中，相互的关系又如下："真""善"为"美"的基础。"美"是"真""善"的完成。"真""善"好比人体的骨骼，"美"好比人体的皮肉。

　　真善生美，美生艺术。故艺术必具足真善美，而真善必须受美的调节。一张纸上漫无伦次地画许多山，真是真的，善是善的，但是不美，故不能称为画。琴瑟笙箫漫无伦次地发许多音，真是真的，善是善的，但是不美，故不能称为乐。真和善，必须用美来调节，方成为艺术。

　　这道理又可用礼来比方。古人解释礼字，说："礼者，天理之节文，人事之仪则也。"天理、人事，就好比真和善。节文、仪则，就好比美。古书中说：曾子耘瓜，误斩其根。曾子的父亲痛打他一顿。曾子被打得死去活来，立刻弹琴，其意要使父亲知道不曾打死，可以放心。这可算是孝之至了。但是孔子反而骂他大不孝。说他不晓得权变，无异杀其父之子。这就是因为曾子只知一味地孝，而无节制。换言之，曾子这种孝法真是真了，善是善了，但是不美，故不成为艺术（艺术就是礼）。子路一味好勇，孔子骂他说："暴虎冯河，死而无悔者，吾不与也。"也是因为子路一味好勇，不知节制，换言之，子路的勇真是真了，善是善了，但是不美，故不成为艺术。孝和勇，都是天理，都是人事。但这天理必须加以节文，这人事必须加以仪则，方合乎礼。节文和仪则，就是"节制"。在艺术上，真善加了节制便成为美。

礼是天理与人事之节文与仪则。同理，"艺术是声和色的节文与仪则"。小猫爬到了洋琴（钢琴）的键盘上，各种声音都有，但不成为乐曲。画家的调色板上，各种颜色都有，但不成为画。何以故？因为只有声色而没有节文与仪则的缘故。故可知"节制"是造成艺术的一个重要条件。我要用绘画上的构图来说明这道理。因为构图法最容易说得清楚。

所谓构图，就是物象在纸上的布置。画一个人，这个人在纸上如何摆法，是一大问题。太大也不好，太小也不好，太正也不好，太偏也不好。必也不大不小，不正不偏，才有安定帖妥之感。安定帖妥之感，就是美感。中国古人对于瓶花的插法费很大的研究，便是构图的研究。龚定庵诗云："瓶花帖妥炉烟定，觅我童心廿六年。"眼睛看见帖妥的姿态，心中便生美感，可以使人感怀人生，插花虽是小事，其理甚为深广，可以应用在任何时代的人类生活中，可以润泽任何时代的人类生活。幸勿视为邈小。

构图法中的"多样统一"，含义更深。多样犹似天理人事，统一犹似节文仪则。例如画三个苹果，连续并列在当中。统一则统一矣，但无变化，不多样。虽有规则，而不自然，不算尽美。反之，东一个，西一个，下边再一个，历乱布置。多样则多样矣，但无条理，不统一。不美，不成为艺术。故统一而不多样，多样而不统一，皆有缺点。必须多样而又统一，统一而又多样，方成为尽美的艺术。多样统一的三个苹果如何布置？没有一定。要之，有变化而又安定帖妥的，都是多样统一的好构图。这个道理，可用孟子所说的"礼"和"权"来比方："男女授受不亲，礼也，嫂溺援之以手，权也。"孔子的书里也有一个比方："叶公语孔子曰，吾党有直躬者，其父攘羊，而子证之。孔子曰，吾党之直者异于是。父为子隐，子为父隐，直在其中矣。"这是多样统一的。换言之，是艺术的。

我所见的艺术，其意义大致如此。照这意义说，艺术以人格为先，技术为次。倘其人没有芬芳悱恻之怀，而具有人类的弱点（傲慢、浅薄、残忍等），则虽开过一千次个人作品展览会，也只是"形式的艺术家"。反之，其人向不作画，而具足艺术的心。便是"真艺术家"。故曰，无声之诗无一字，无形之画无一笔。在现今的世间，尤其是在西洋，一般人所称道的艺术家，多数是"形式的艺术家"。而在一般人所认为非艺术家的人群中，其实有不少的"真艺术家"存在着，其生活比有名的艺术家的生活更"艺术的"。

二十九（1940）年作

女性与音乐

女性与音乐，一见谁也相信是接近的。例如自来文学上"女"与"歌"何等关系密切；朱唇与檀板何等联络；soprano（女子唱的最高音部）在合唱中地位何等重要；总之，女性的优美的性格与音乐的活动的性质何等类似。照这样推想起来，世界最大的音乐作家应该让女性来当，乐坛应该教女性来支配；至少音乐作家中应该多女子；再让一步，至少音乐界中应该有女子。可是我把脑中所有的西洋音乐史默数一遍，非但少有女性的大作曲家，竟连一个miss（小姐）或 mistress（夫人）也没有，无论作曲家或演奏家。我觉得很奇怪，总疑心我脑中所有的音乐史，不详或不正。但我记得前年编《音乐的常识》的时候，曾经考求过所有的已往的及现存的有名的音乐大家的传叙，而且因为要编述，查考得很精到，不是走马看花的。一向不注意到这问题，倒也不知不觉；现在一提起，真觉得有些奇怪了。这样与音乐有密切关系的女性，难道在音乐史上默默无闻的？我终于不敢信托我的记忆，又没有勇气和时间来搜索这个疑案的底蕴。

近来我患寒疾，卧了七八天，已经快好，医生说要避风，禁止我一礼拜不许出房。实在我的精神已经活动了，怎耐得这监禁呢？于是在床上海阔天空地回想，重番想到了女性与音乐的问题。于是把所有的音乐史拿到床里来，一本一本地，从头至尾地翻下去。自18世纪的古典音乐的罢哈（巴赫）（Sebastian Bach）起，直到现在生存着，活动着的未来派音乐家欣陪尔许（勋伯格）（Arnold Schoenberg）止，统共查考了180个音乐家的传叙。结果，发现其中只有一人是女性的音乐家。这女人名叫霍尔梅斯（霍姆斯）（Augustz Maryann Holmes，1847—1903），是生长于巴黎的爱尔兰人，在欧洲是不甚著名的一个女流作曲家，在东洋是不会有人晓得的。其余179个都是男人。关于演奏家，留名于乐史的不但一个也没有，而且被我翻着了一件不大有趣的话柄：匈牙利有一个当时较有名的女pianist［洋琴（钢琴）演奏家］，有一晚在一个旅馆的hall（厅）中开演奏会，曲目上冒用当时匈牙利最有名的演奏家（在音乐史上也是最有名的音乐家之一）李斯德（李斯特）（Liszt）女弟子的头衔以号召听众。凑巧李斯德这一晚演奏旅行到这地方，也宿在这旅馆中。他得知了有冒充他的女弟子的演奏家，就于未开会时请她到自己的房间里来，对她说："我是李斯德。"那女子又惊骇又羞惭，伏在地上哭泣。李斯德劝她起来，请她在自己房里的洋琴上弹一曲，看见她手法很高，称赞她的技术，又指教了她几句，就对她说："不妨了！现在你真是李斯德的弟子了！"教她照旧去开会。那女子感激得泣下。……这并不是我有意揭出来嘲笑女性，不过事实如此；而且现在我是专门在音乐史上找女人，这件事自然惹我的注意了。

闲话休题。音乐史上没有女性的page（页），实在是值得人思量的问题，尤其是在病床中的我。我把书翻了许久，想了许久，后来好像探得了一个导向解决的线索。这就是我在音乐大家的传记中发见了许多与女性有深关系的事迹，就恍然悟到了女性与音乐的关系的状态。这等事迹是什么呢？第一惹我注意的，是自来的大音乐家幼时受母教育之多的一事。我手头所有的关于音乐家传记的书又少又不详，我没有委细考查过所有的音乐家的详细事略，只是就比较的记录得详细的世界第一流的音乐家的传记一翻，已是发现了十余个幼时受母或姐等的音乐教育的人。列举起来，如：

（1）近世古典乐派的大家亨代尔（亨德尔）（Handel），幼时从母亲受音乐教育。

（2）俄国近代交响乐作家史克里亚平（斯克里亚宾）（Scriabin）的母亲是女pianist。

（3）披雅娜（钢琴）（piano）大家晓邦（肖邦）（Chopin）的母亲是波兰人，晓邦多承受母的气质，其音乐作品中泛溢着亡国的哀愁。

（4）歌剧改革者挪威人格里克（格里格）（Grieg）幼时从母亲习披雅娜。

（5）俄国现代乐派大家漠索尔斯奇（穆索尔斯基）
（Mussorgsky）幼时从母亲习音乐，他的有名作品《少年时代
的记忆》（*Reminiscences of Childhood*）就是奉献于其亡母的
灵前的。

（6）俄国国民乐派（民族乐派）五大家之一的罢拉基莱
夫（巴拉基列夫）（Balakireff）幼时学音乐于其母。

（7）又五大家之一的李漠斯奇·可尔萨可夫（里姆斯基-
科萨科夫）（Rimsky-Korsakoff）幼时的音乐教育，多赖其母的
留意。

（8）俄国音乐家亚伦斯奇（Arensky），其父母都长于音
乐，幼时全从父母习音乐。

（9）美国音乐家却特微克（查德威克）（Chadwick）的
母亲长于音乐。

（10）民谣作家澳洲人格林茄（格兰杰）（Percy Aldri-
dge Grainger）幼时从其母学披雅娜。

（11）俄国现代乐派大家格拉左诺夫（格拉祖诺夫）
（Glazounow）的母亲是五大家之一的罢拉基莱夫的弟子，格拉
左诺夫幼时学披雅娜于母。

（12）法国交响乐诗人杜襄西（德彪西）（Debussy）幼时
学音乐于晓邦的弟子的女音乐家。

（13）现代世界最大的乐剧家华葛内尔（瓦格纳）
（Wagner）幼时习音乐于其姐。

以上所举，都是世界第一流的音乐家。我记得在文学家，绘画家的传叙中，母教的例决不像音乐家的多。独有音乐家都受母教，这一定是有原因的。从此可以推知女性的性质近于音乐学习，女性善于音乐感染。

　　第二惹我的注意的，是自来音乐大家的多恋史，及其恋人所及于其艺术的影响之大的一事。世界上最大的音乐家中，除了一生没有恋爱而以童身终其身的短命天才修倍尔德（舒伯特）（Schubert）及家有悍妻的罕顿（海顿）（Haydn）二人不与女性发生多大关系以外，其他的差不多统有离奇颠倒的恋史，而由恋的烦恼中酿出其伟大的作品。讲到举例，我就立刻想到裴德芬（贝多芬）的"不朽的宠人"。

　　裴德芬的作品《月光曲》，据传说是裴德芬一晚到一个皮鞋匠家里，看见一个盲目的女子在月光下弹披雅娜，因而作出的。这事的传说，讲音乐家的故事书上常见的。但是，老实说，这种传说完全是假的。实际上，这曲是裴德芬为了对他的恋人奇理爱塔（Gaillieta）的热烈的恋情而作的。这曲的原名为*Sonata quasi una Fantasia*，即《幻想曲风的朔拿大（奏鸣曲）》。而且在初版上，分明注着"此曲奉献于奇理爱塔"字样。《月光曲》的名目，及那传说，全是后人臆造的，裴德芬自己全不晓得。据说这名目是出版业者为了要推广销路而杜造的，那故事当然也是他们捏造出来。不过后世所以沿用这名称，流传这故事，而明知不改者，并非全然无理。只为那曲的情趣，颇类似月明之夜的光景；伴着这奇离的故事，可以惹起习音乐者的注意，而对于小孩子，尤足以引诱其对于音乐的兴味，所以听其沿用与传诵。这是题外的话，在《音乐的常识》里已详述，兹不赘述。现在我要说的，是裴德芬一生对于恋爱的态度的猛烈。他所有的恋人很多，他称之为"不朽的宠者"，他平日劳心于少女的一笑一颦。据他的朋友理斯说，理斯租住在有三个美丽的姑娘的一家裁缝店里面时，裴德芬每天来访问他。

其次浮到我脑际的，是法国的交响乐诗人裴辽士（柏辽兹）（Berlioz）的"多磨恋爱"（"Stormy love"，多磨两字是我戏用的。好事多磨，声音与意义都相近）。他的一生是恋的连续，我记不出详细的颠末来。择其最大者述之，就是关于他的不朽的名作《幻想交响乐》（Symphonie Fantastique）的故事。据说当时英国有个著名的女优名叫史密苏的，以善演莎翁剧名震剧坛。素来欢喜文学而崇敬沙翁的裴辽士，看见了史密苏扮演可怜的渥裴利亚的剧，起了热烈的恋慕。但史密苏以裴辽士当时只是一贫乏的音乐学徒，眼中全然看不上。于是裴辽士单恋的结果，产出了一幅《幻想交响乐》。其后他又与别的女子发生新恋，那女子又背了他，嫁另一男子。裴辽士曾改装作女子，怀了手枪，想去复仇，自己也拼个最后。继而在途中见了大自然风光的美丽，悟到了自己的光明的前途，就排除一切愤懑，而埋头于作曲了。研究之中，增删修改其可怀念的《幻想交响乐》，开自作演奏会，在旧恋人史密苏面前演奏她自己作女主人公的《幻想交响乐》，强烈地摇动了史密苏的心，她终于与他结婚了。结婚之后，夫妻又不睦，服毒，离婚，……不知发生了多少奇离的事件。结果，记录单恋的《幻想交响乐》就当作成绩留传于世界。据他自己说那曲所描写的是失恋的青年吞服鸦片，以量少而自杀不遂，陷于深眠时的心情状态。

世界最大的音乐家，有恋史的很多。尤其是近世浪漫乐派的人们。浪漫乐派中最有名的修芒（舒曼）（Schumann），有恋人克拉拉（Clara），他的名作，都产生于其与克拉拉的美丽的恋爱时代，新婚时代，这是稍关心于音乐的人们所共知的。还有晓邦，恋爱的多不亚于裴辽士，有"模范恋人"的称呼。还有前述的遇见冒充弟子的女演奏家的李斯德，据说差不多是色情狂者。他所教的学生全是女子，不要男学生。每教毕一个成绩好的女学生，在她额上亲一个吻，教那女学生也吻他的手，习以为常。所以他父亲临终的时候，曾谆谆地嘱咐他说："留心！女性将颠覆你的生涯！"

以上所提出的音乐家的恋史，是其荦荦大者。我觉得艺术家中与女性的交涉最深者，无过于音乐家了。诗人中也有像拜伦（拜伦），雪莱等有风波恋爱的人，然似不及音乐者中的多；在画家中，竟好像个个是规矩人，即有恋史，也是平易的，这一点，又使我深深地注意到音乐艺术的"与女性有特别交涉"的特性。

最后我翻到近世大乐才华葛内尔（Wagner）的女性赞美的记录，就更彻悟女性与音乐的关系了。华葛内尔也是平生多恋史的人。但他的对于女性，有一种特别的看法；他极端地崇拜女性，有"久远的女性"的赞美语。他以为女性偶有的缺点，犹之音乐中偶有的"不协和音"，统是harmony（和谐）的源泉。（注：近代作曲上多故意用不协和音。）据说他的夫人是不懂音乐的，他欢喜蓄鹦鹉，有友人对他说："这岂不是嘈杂的伴侣么？"他回答说："不然，热闹不是有趣的么？我家的夫人不会弹披雅娜，鹦鹉是代替她唱唱的。"这句急智的话中，实在藏着深刻的暗示呢！关于"久远的女性"，他在给友人乌利许（Uhlig）的信中这样说着：

柔性的优美的心伴着我，我的艺术常常滋荣了。世间的刚性都被卷入滔滔的俗潮里的时候，女性常是不失其优情，因为在她们的心灵中宿着柔和与湿润。所以女性是人生的音乐。她们对于无论何事都用真心来容纳，无条件地肯定，用她们的热烈的同情来使它们美化。

当我对于刚性早已不能感到一点欢美与炫耀的时候，对于女性还屡屡感到有迫我向炫耀恍惚的境地去的一物。

看到我所创的事业（华葛内尔的乐剧）渐渐结实，功果渐渐伟大起来，而能抚慰人心而使之高尚的时候，人们只知感奋欢喜而已。独不知探寻起基础来，这等都是"久远的女性"的所赐。充盛威严的光辉及人生的温暖的愉快于我的心灵中的，只有"久远的女性"。湿润地发光辉的女子的眸子，屡屡用清新的希望来使我饱和。

"女性是人生的音乐！"不错！我悟得了，女性本身就是音乐！男性的裴德芬，华葛内尔，是为女性作音乐的；是从女性受得灵感，拿女性为材料而作出音乐的。故在音乐，男性是创造的，女性是享用的。男性是种子，女性是土壤，音乐的花从种子发出，受土壤的滋养而荣华。人们只注意于这是某种子开出的花，而不知道花是受土壤的滋养，在土壤上繁荣，而为土壤所有的。这样一想，自来音乐家的多受母教，多恋史，自来女性的性质的接近于音乐，女性的善于音乐感染，自来音乐艺术的与女性有特别关系，在这里都可推知其缘由；而自来的音乐作家的都是男性而没有女性，在这里也可知道其是当然的事，而不足怪了。

久远的女性！文化生活的最上乘的艺术中的最优秀的音乐，是你们所有的！这是何等光荣的事！愿你们自爱！

民国十五（1926）年冬至，为《新女性》作

自　然①

　　"美"都是"神"的手所造的。假手于"神"而造美的，是艺术家。

　　路上的褴褛的乞丐，身上全无一点人造的装饰，然而比时装美女美得多。这里的火车站旁边有一个伛偻的老丐，天天在那里向行人求乞。我每次下了火车之后，迎面就看见一幅米勒（Millet）的木炭画，充满着哀怨之情。我每次给他几个铜板——又买得一幅充满着感谢之情的画。

　　女性们煞费苦心于自己的身体的装饰。头发烫也不惜，胸臂冻也不妨，脚尖痛也不怕。然而真的女性的美，全不在乎她们所苦心经营的装饰上。我们反在她们所不注意的地方发现她们的美。不但如此，她们所苦心经营的装饰，反而妨碍了她们的真的女性的美。所以画家不许她们加上这种人造的装饰，要剥光她们的衣服，而赤裸裸地描写"神"的作品。

---

　　①　本篇曾载1929年1月10日《小说月报》第20卷第1号。当时题名《自然颂》。——编者注

画室里的模特儿虽然已经除去一切人造的装饰，剥光了衣服；然而她们倘然受了作画学生的指使，或出于自心的用意，而装腔作势，想用人力硬装出好看的姿态来，往往越装越不自然，而所描的绘画越无生趣。印象派以来，裸体写生的画风盛于欧洲，普及于世界。使人走进绘画展览中，如入浴堂或屠场，满目是肉。然而用印象派的写生的方法来描出的裸体，极少有自然的、美的姿态。自然的美的姿态，在模特儿上台的时候是不会有的；只有在其休息的时候，那女子在台旁的绒毡上任意卧坐，自由活动的时候，方才可以见到美妙的姿态，这大概是世间一切美术学生所同感的情形吧。因为在休息的时候，不复受人为的拘束，可以任其自然的要求而活动。"任天而动"，就有"神"所造的美妙的姿态出现了。

人在照相中的姿态都不自然，也就是为此，普通照相中的人物，都装着在舞台上演剧的优伶的神气，或南面而朝的王者的神气，或庙里的菩萨像的神气，又好像正在摆步位的拳教师的神气。因为普通人坐在照相镜头前面被照的时候，往往起一种复杂的心理，以致手足无措，坐立不安，全身紧张得很，故其姿态极不自然。加之照相者又要命令他："头抬高点！""眼睛看着！""带点笑容！"内面已在紧张，外面又要听照相者的忠告，而把头抬高，把眼钉住，把嘴勉强笑出，这是何等困难而又滑稽的办法！怎样教底片上显得出美好的姿态呢？我近来正在学习照相，因为嫌恶这一点，想规定不照人物的肖像，而专照风景与静物，即神的手所造的自然，及人借了神的手而布置的静物。

人体的美的姿态，必是出于自然的。换言之，凡美的姿态，都是从物理的自然的要求而出的姿态，即舒服的时候的姿态。这一点屡次引起我非常的铭感。无论贫贱之人，丑陋（？）之人，劳动者，黄包车夫，只要是顺其自然的天性而动，都是美的姿态的所有者，都可以礼赞。甚至对于生活的幸福全然无分的，第四阶级以下的乞丐，这一点也决不被剥夺，与富贵之人平等。不，乞丐所有的姿态的美，屡比富贵之人丰富得多。试入所谓上流的交际社会中，看那班所谓"绅士"，所谓"人物"的样子，点头、拱手、揖让、进退等种种不自然的举动，以及脸的外皮上硬装出来的笑容，敷衍应酬的不由衷的言语，实在滑稽得可笑，我每觉得这种是演剧，不是人的生活。过这样的生活，宁愿作乞丐。

被造物只要顺天而动，即见其真相，亦即见其固有的美。我往往在人不注意、不戒备的时候，瞥见其人的真而美的姿态。但倘对他熟视或声明了，这人就注意，戒备起来，美的姿态也就杳然了。从前我习画的时候，有一天发现一个朋友的pose（姿态）很好，要求他让我画一张sketch（速写），他限我明天。到了明天，他剃了头，换了一套新衣，挺直了项颈危坐在椅子里，教我来画……这等人都不足以言美。我只有和我的朋友老黄①，能互相赏识其姿态，我们常常相对坐谈到半夜。老黄是画画的人，他常常嫌模特儿的姿态不自然，与我所见相同。他走进我的室内的时候，我倘觉得自己的姿势可观，就不起来应酬，依旧保住我的原状，让他先鉴赏一下。他一相之后，就会批评我的手如何，脚如何，全体如何。然后我们吸烟煮茶，晤谈别的事体。晤谈之中，我忽然在他的动作中发见了一个好的pose，"不动！"。他立刻石化，同画室里的石膏模型一样。我就欣赏或描写他的姿态。

不但人体的姿态如此，物的布置也逃不出这自然之律。凡静物的美的布置，必是出于自然的。换言之，即顺当的，妥帖的，安定的。取最贴近的例子来说：假如桌上有一把茶壶与一只茶杯，倘这茶壶的嘴不向着茶杯而反向他侧，即茶杯放在茶壶的后面，犹之孩子躲在母亲的背后，谁也觉得这是不顺当的，不妥帖的，不安定的。同时把这画成一幅静物画，其章法（即构图）一定也不好。美学上所谓"多样的统一"，就是说多样的事物，合于自然之律而作成统一，是美的状态。譬如讲坛的桌子上要放一个花瓶。花瓶放在桌子的正中，太缺乏变化，即统一而不多样。欲其多样，宜稍偏于桌子的一端。但倘过偏而接近于桌子的边上，看去也不顺当，不妥帖，不安定。同时在美学上也就是多样而不统一。大约放在桌子的三等分的

---

① 按即作者的好友、口琴家黄涵秋。——编者注

界线左右，恰到好处，即得多样而又统一的状态。同时在实际也是最自然而稳妥的位置。这时候花瓶左右所余的桌子的长短，大约是三与五，至四与六的比例。这就是美学上所谓"黄金比例"。黄金比例在美学上是可贵的，同时在实际上也是得用的。所以物理学的"均衡"与美学的"均衡"颇有相一致的地方。右手携重物时左手必须扬起，以保住身体的物理的均衡。这姿势在绘画上也是均衡的。兵队中"稍息"的时候，身体的重量全部搁在左腿上，右腿不得不斜出一步，以保住物理的均衡。这姿势在雕刻上也是均衡的。

故所谓"多样的统一""黄金律""均衡"等美的法则，都不外乎"自然"之理，都不过是人们窥察神的意旨而得的定律。所以论文学的人说，"文章本天成，妙手偶得之"；论绘画的人说，"天机勃露，独得于笔情墨趣之外"。"美"都是"神"的手所造的，假手于"神"而造美的，是艺术家。

一九二八年十月十二日[①]

---

① 本文篇末原未署日期。这里所署的日期是发表在《小说月报》时篇末所署。在新中国成立后作者自编的《缘缘堂随笔》（人民文学出版社1957年11月初版）中，篇末误署为：1926年作。——编者注

平　凡

　　艺术贵乎善巧，而善重于巧，故求丰富之内容，而不求艰深之技巧。故曰平凡。

　　平凡非浅薄，乃深入而浅出，凡人之心必有所同然。故取其同然者为内容，而作艺术的表现，则可使万人共感，因其客观性既广而感动力又大也，至于表现之形式，则但求能传情达意，不以长大复杂富丽为工。故曰平凡的伟大。

　　吾国绝诗，言简意繁，辞约义富，可谓平凡伟大艺术品之适例。"床前明月光，疑是地上霜。举头望明月，低头思故乡。""木末芙蓉花，山中发红萼。涧户寂无人，纷纷开且落。"所咏皆极寻常之事，而含意无穷，耐人思索。至如："春种一粒粟，秋收万颗子。四海无闲田，农夫犹饿死。""长安买花者，数枝千万钱。道旁有饥人，一钱不相捐。"则形式浑似白话，内容普遍动人，乃托尔斯泰所谓最高之艺术。

　　绘画、音乐与文学，在人间经过数千年之发展，其技术已入专门之域。故学画学琴，三年仅得小成，学文学诗，则十年窗下未必成功。今学校以每周一二小时之教学，而求各种艺术之技法，犹操豚蹄盂酒而求穰穰满家，所持者狭而所欲者奢，必无所得。今日艺术教学之沉疴，即在于此。故为教育，非择取平凡之艺术不为功。教育的艺术，不求曲高和寡，而求深入浅出。

托尔斯泰论艺术，推崇单纯明快与寻常；而反对高深之技巧，指为催眠，斥为害群。杜塞聪明而返原始生活，统制智慧，以求精神共产，其旨殊欠中肯。但为教育，其说亦有可取。盖托翁笃信基督，其论艺术力斥淫荡与浪费，而以爱为本，以善为归。从事艺术教育者，皆有一读其书之必要。

具象美

听人说话，听到具象的，琐屑的，浅显的语句，往往觉得比抽象的，正大的，深刻的语句来得动听。先举一个最显著的例，譬如说"生活问题"不如说"衣食问题"来得动听；说"衣食问题"又不如说"饭碗问题"或"面包问题"来得动听。因为"生活"二字固然包括得很周全，但是太抽象，太正大，太深刻了，故听者由此所得的理解欠深，印象欠强，兴味欠浓。倘换了"衣食"二字，因为较具体，较琐屑，较浅显，可以把握，听了就觉得容易理解，印象强明，而且富有兴味。有时说话的人还嫌"衣食"二字所指太广泛，就更进一步而用"饭碗"或"面包"二字。这是人人最常见最稔熟的一件实物，听到了谁不立刻获得切身的兴味，强明的印象，与充分的理解呢？故"失业"常被翻译作"敲破饭碗"，"失地"也被翻译作"地图改色"，使听者触目惊心。

我现在就称这种说话的技术为"具象美"。这也是人类言语进步后的修辞法之一种，与以前我所谈的"比喻"同类，但自有差别：比喻也是取具象的东西来帮助说理的；但所取的具象物，其本身与说理并无关系，只是性状相同而已。譬如说

"割鸡焉用牛刀",此事与孔子的治道毫无关系,只是"大材小用"这一点性状相同,故引用为譬喻,使说理具象化,又趣味化,而易于动听耳。现在所谈的"具象美"则不然:其所取具象物,必与说理有密切关系,能使听者于小中见大,个中见全。譬如"饭碗"或"面包",与"生活"有密切关系,而且是"生活"的最重要部分,或核心。故言者只须举此一隅,听者便可反三,反十,反百,反千,盖所谓"饭碗"者,其实连老酒,香烟,自来火等一切食用皆包括在内。我觉得这种语言的技术,最有意味,尤其是听讲演,读论文的时候,滔滔洋洋的一篇抽象的大道理,往往容易使人头痛或打瞌睡。反之,倘善用比喻及这种具象美,听者就不会感到疲倦;善用之极,寥寥数语可抵洋洋数万言之力。淳于髡,东方朔等讽谏者的说话,诗人的说话,可说是其实例。

这种具象美的实例,在我们的日常语言中,在诗文中,皆不胜枚举。为便于吟味,就我所想起的摘录几个在下面,真不过略举一隅而已。

投笔,请缨,解甲,下车,下野,即位,弹冠,束发,洗耳,拭目,赋闲,披剃,糊口,扫榻,执牛耳,夺锦标,执教鞭,步后尘,高枕而卧,逍遥林下,拜倒裙下,争奉箕帚……

照字面上看,这些话大都讲不通。文人的笔难道昼夜在手?武人的甲难道昼夜不解?弃官的常住租界,何尝下野?哪一个首领的手里执着一只牛耳朵呢?然而这便是具象美的兴味所在。其中也有靠古典的帮助的，或近于比喻的。但总以小中见大，个中见全为原则，俗语中也颇富于关于此的好例。善于说话的人的口中，常常在那里吐露出来，他们不说"某家没饭吃了"，偏说"某家的锅子底向天了"。不说"某人可以留名后世"，偏说"某人得吃冷羹饭了"。厨川白村说妇女问题是"胃袋与子宫的问题"。吴稚晖说恋爱是"精虫作怪"。语虽苛刻，然而动听。可谓尽言语的具象化的能事，可惜我的见闻太狭，记忆太坏，一时想不起更多的实例来。

在古人的诗文方面，我的记忆没有这般坏，现在就可想起不少的例子来。也摘录些在下面，以供吟味：

太平待诏归来日，朕与先生解战袍。

十四万人齐解甲，更无一个是男儿。

强欲从君无那老，将因卧病解朝衣。

严陵台下桐江水，解钓鲈鱼有几人？

年年战骨埋荒外，空见葡萄入汉家。

天命苟如此，且进杯中物。

安得万里裘，盖裹周四垠。

君王忍把平陈业，只换雷塘数亩田？

旧时王谢堂前燕，飞入寻常百姓家。

人生在世不称意，明朝散发弄扁舟。

座中泣下谁最多？江州司马青衫湿。

何当共剪西窗烛，却话巴山夜雨时。

夜雨剪春韭，新炊间黄粱。

客从东方来，衣上灞陵雨。

城市不堪飞锡到，恐惊莺语画楼前。

箧有吴笺三百个，拟将细字说春愁。

若教解爱繁华事，冻杀黄金屋里人。（咏蚕妇）

遥窥正殿帘开处，袍袴宫人扫御床。

苦恨年年压金线，为他人作嫁衣裳。

平阳歌舞新承宠，帘外春寒赐锦袍。

东风不与周郎便，铜雀春深锁二乔。

君自故乡来，应知故乡事。来日绮窗前，寒梅着花未？

妾有罗衣裳，秦王在时作，为舞春风多，秋来不堪着。

打起黄莺儿，莫教枝上啼。啼时惊妾梦，不得到辽西。

　　所谓"朕与先生解战袍"，岂真仅解战袍而已？乃举此具体琐屑浅显的一事来暗示升官发财等重赏。又岂真要皇帝亲与解战袍哉？说肯与解战袍，则有重赏可知，不必真解战袍也。但抽象地说有重赏乏味；具象地说解战袍，便有诗趣。同理，"齐解甲"就是齐受降，"解朝衣"就是辞官职，"解钓鲈鱼"就是肯隐居的具象的写法。诗人最懂得小中见大，个中见全的秘诀，最善于运用一件具象的小事来暗示抽象的大事。言"安得万里裘"，其救世之愿可知。言"堂前燕飞入寻常百姓家"，其堂其人之废逝可知。言"青衫湿"，其悲哀可知。言"扫御床"，"赐锦袍"，其恩宠可知。言"锁二乔"，其胜利可知。同时这些小事件因为都是具象的，琐屑的，浅显的，故能给读者一个确实，强明，生动，活跃的印象。读了"共剪西窗烛"，"夜雨剪春韭"，便可想见故人久别重逢，烛下把酒谈心的种种情味，如同身历其境一样。尤其是最后的三首五绝，整个儿是具象美。第一首但言"寒梅"，第二首但言一件"罗衣裳"，第三首但言要"打黄莺"。而思故乡，伤迟暮，怀远人之情，强明地站出在这等小事件的背后，深切地印象于读者的心目中。

照艺术的领域说，音乐主听觉美即声音美，绘画主视觉美即形式美，文学主思想美即言语美。则现在所谓"具象美"，照理是绘画的领域中所有的事。绘画除了立体派构成派等以外，常含有多量的思想美即意义美，而文学中亦如上述地盛用具象美。这可以看作文学与绘画的交流，文学与绘画的握手。我曾作一册《绘画与文学》（开明版）说文学与绘画的种种交涉，已是二三年前往事了。现在又发见了上述的一种交涉，觉得往日的兴味重新浓重起来。

廿五（1936）年十一月作

谈　像

　　"画得像"，就是"画得好"么？思虑疏忽的人都说"然"。其实不然。画得好不好，不仅在乎像不像。"像"固然是图画上一要点，但图画上还有比"像"更重大的要点，不可以不知道。

　　现在先讲几个关于"像"的故事给大家听听，然后再说出我的理由来。

　　从前希腊有两位画家，一位名叫才乌克西斯（Zeuxis），还有一位名叫巴尔哈西乌斯（Parrhasius），都是耶稣纪元以前的人。他们的作品已经不传，只有一个故事传诵于后世：这两位画家的画，都画得很像，在雅典的画坛上齐名并立。有一天，两人各拿出自己的杰作来，在雅典的市民面前比赛技术，看是孰高孰下。全市的美术爱好者大家到场，来看两大画家的比赛。只见才乌克西斯先上台，他手中挟一幅画，外面用袱布包着。他在公众前把袱布解开，拿出画来。画中描的是一个小孩子，头上顶一篮葡萄，站在田野中。那孩子同活人一样，眼睛似乎会动的。但上面的葡萄描得更好，在阳光下望去，竟颗颗凌空，汁水都榨得出似的。公众正在拍手喝彩，忽然天空中飞下两只鸟来，向画中的葡萄啄了几下，又惊飞去，这是因为他的葡萄描得太像，天空中的鸟竟上了他的当，以为是真的葡萄，故飞下来啄食。于是观者中又起了一阵更热烈的拍掌和喝彩的声音。才乌克西斯的画既已受了公众的激赏，他就满怀得意地走下台来。请巴尔哈西乌斯上台献画。在观者心中想来，巴尔哈西乌斯一定比不上才乌克西斯，哪有比这幅葡萄更像的画呢？他们看见巴尔哈西乌斯挟了包着的画，缓缓地踱上台来，就代他担忧。巴尔哈西乌斯却笑嘻嘻地走上台来，把画倚在壁上了，对观者闲眺。观者急于要看他的画，拍着手齐声叫道："快把袱包解开来呀！"巴尔哈西乌斯把手叉在腰际，并不去解袱包，仍是笑嘻嘻地向观者闲眺。观者不耐烦了，大家立起身来狂呼："画家！快把袱包解开，拿出你的杰作来同他比赛呀！"巴尔哈西乌斯指着他的画说道："我的画并没有袱包，早已摆在诸君的眼前了。请看！"观者仔细观察，才知道他所描的是一个袱包，他所拿上来的正是他的画，并不另有袱包。因为画得太像，观者的数千百双眼睛都受了他的骗，以为是真的袱包。于是大家叹服巴尔哈西乌斯的技术，说他比才乌克西斯更高。

中国画界中也有关于画得像的逸话，也讲一个给大家听听：我国六朝时代的顾恺之，据画史逸闻所说，人物画也画得极像。有一天，他从外归家，偶然看见邻家的女子站在门内，相貌姣好。他到了家，就走进画室，立刻画了一个追想的肖像。把画挂在墙上，用针钉住了画中人的心窝。邻家的女子忽然心痛起来，百方求医，都无效果。后来察知了是隔壁的画家的恶戏，女子的父亲就亲来顾家乞情，请他拔去了针，女子的心痛立刻止了。这是为顾恺之的画画得太像了，竟有这般神奇的影响。

读者听了这种故事，一定笑为荒诞。不错，逸话总不免有些荒诞。但这无非是要极言画家的画得像。其事实虽不可尽信，其道理却是可信的。诸君听了这些话，心中作何感想？画得像是否可贵的？画的主要目的，画的好坏的标准，只在像不像，抑另有所在？一般人都误以为画以肖似为贵，画的好坏的标准就在肖似。但我们应该晓得其另有所在。

绘画的主要的目的，绘画的好坏的标准，说起来很长，其最重要的第一点，可说是在于"悦目"。何谓悦目？就是使我们的眼睛感到快美。绘画是平面空间艺术，是视觉艺术。故作画，就是把自然界中有美丽的形与美丽的色彩的事物，巧妙地装配在平面的空间中。有美的形状与美的色彩的事物，不是在无论什么时候无论什么地方常常是美的。故必须把它巧妙地装配，才成为美的绘画。水果摊头上有许多苹果，橘子，然而我们对于水果摊头不容易发生美感。买了三四只回家，供在盆子里，放在窗下的几上的盘中，其形状色彩就显出美来了。又如市街嘈杂而又纷乱，并不足以引起我们的美感，但我们从电车的窗格子中，常常可以看见一幅配合极美好的市街风景图。由此可知使我们的眼睛感到快美的，不限定某物，无论什么东西都有美化的可能。又可知美不在乎物的性质上，而在乎物的配合的形式上。故倘用绘画的眼光看来，雕栏画栋的厅堂，往往不能使人起美感，而茅舍草屋，有时反给人以快美的印象。绘画是自然界的美形、美色的平面的表现，又不是博物挂图，不是照相。绘画是使人的眼感到快美，不是教人某种知识，不是对人说理。由此可知肖似不是绘画的主要目的，不是绘画好坏的标准。因为肖似是模仿自然物，是冒充真物，真物不一定是美的，故可知求肖似不是求美，不是求悦目，与绘画的目的全属两途。诸君大家见过那种蜡细工或火漆细工么？模仿苹果，香蕉，橄榄，杨梅，辣椒，枣子，完全与真物无异。（有一个人曾经被别人作弄，误咀火漆橄榄。）然而这等不能说是艺术品。做这等东西的人，不能称为艺术家。庸愚的人误认这等为美术，有识者看见了，至多觉得稀奇而已，却说不上美。然而绘画并非绝对不要肖似自然物。绘画既然以自然界事物为题材，自然不能不模仿自然。不过要晓得：这模仿不是绘画的主要目的，绘画中所描写出的自然物，不是真的自然物的照样的模仿，而是经过"变形"，经过"美化"后的自然物。所以要"变形"要"美化"者，就是为了要使之"悦目"。故绘画是美的形与色的创造，是主观的心的表现，故绘画是"创作"。

故在绘画上，专求肖似的写实，是低级的，因为它不能使人悦目。近代法国的写实派大家米勒（Millet，1814—1875）的画，从某部分看来，似乎逼真得同照相一样，然其形，其线，其构图（即图中的巧妙的装配）充溢着美的感情。这点就是所谓"变形"，所谓"美化"。这实在是我们练习作图的最模范的榜样。

人们赞美好的风景时，说"如画"，赞美好的绘画时，说"如生"。这两句话是矛盾的。究竟如何解释？请读者思量一下。

十八（1929）年九月，为《中学生》作

手　指

　　已故日本艺术论者上田敏的艺术论中，曾经说过这样的话，"五根手指中，无名指最美。初听这话不易相信，手指头有什么美丑呢？但仔细观察一下，就可看见无名指在五指中，形状最为秀美……"大意如此，原文已不记得了。

　　我从前读到他这一段话时，觉得很有兴趣。这位艺术论者的感觉真锐敏，趣味真丰富！五根手指也要细细观察而加以美术的批评。但也只对他的感觉与趣味发生兴味，却未能同情于他的无名指最美说。当时我也为此伸出自己的手来仔细看了一会。不知是我的视觉生得不好，还是我的手指生得不好之故，始终看不出无名指的美处。注视了长久，反而觉恶心起来：那些手指都好像某种蛇虫，而无名指尤其蜿蜒可怕。假如我的视觉与手指没有毛病，上田氏所谓最美，大概就是指这一点罢？

　　这会我偶然看看自己的手，想起了上田氏的话。我知道了：上田氏的所谓"美"，是唯美的美。借他们的国语说，是onnarashii（女相的）的美，不是otokorashii（男相的）的美。在绘画上说，这是"拉费尔前派"（Pre-Raphaelists）一流的优美，不是赛尚痕（Cezanne）以后的健美。在美术潮流上说，这是世纪末的颓废的美，不是新时代感觉的力强的美。

但我仍是佩服上田先生的感觉的锐敏与趣味的丰富。因为他这句话指示了我对于手指的鉴赏。我们除残废者外，大家随时随地随身带着十根手指，永不离身，也可谓相亲相近了；然而难得有人鉴赏它们，批评它们。这也不能不说是一种疏忽！仔细鉴赏起来，一只手上的五根手指，实在各有不同的姿态，各具不同的性格。现在我想为它们逐一写照：

大指在五指中，是形状最难看的一人。他自惭形秽，常常退居下方，不与其他四者同列。他的身体矮而胖，他的头大而肥，他的构造简单，人家都有两个关节，他只有一个。因此他的姿态丑陋，粗俗，愚蠢，而野蛮；有时看了可怕。记得我小时候，我乡有一个捉狗屎的疯子，名叫顾德金的，看见了我们小孩子，便举起手来，捏一个拳，把大指蠢立在上面，而向我们弯动大指的关节。这好像一支手枪正要向我们射发，又好像一件怪物正在向我们点头，我们见了最害怕，立刻逃回家中，依在母亲身旁。屡屡如此，后来母亲就利用"顾德金来了"一句话来作为阻止我们恶戏的法宝了。为有这一段故事，我现在看了大指的姿态愈觉可怕。但不论姿态，想想他的生活看，实在不可怕而可敬。他在五指中是工作最吃苦的工人。凡是享乐的生活，都由别人去做，轮不着他。例如吃香烟，总由中指食指持烟，他只得伏在里面摸摸香烟屁股；又如拉胡琴，总由其他四指按弦，却叫他相帮扶住琴身；又如弹风琴弹洋琴，在十八世纪以前也只用其他四指；后来德国音乐家罢哈（Sebastian Bach）总算提拔他，请他也来弹琴；然而按键的机会，他总比别人少。又凡是讨好的生活，也都由别人去做，轮不着他。例如招呼人，都由其他四人上前点头，他只得呆呆地站在一旁；又如搔痒，也由其他四人上前卖力，他只得退在后面。反之，凡是遇着吃力的工作，其他四人就都退避，让他上前去应付。例如水要喷出来，叫他死力抵住；血要流出来，叫他拼命捺住；重东西要翻倒去，叫他用劲扳住；要吃果物了，叫他细细剥皮；要读书了，叫他翻书页；要进门了，叫他揿电铃，天黑了，叫他开电灯；医生打针的时候还要叫他用力把药水注射到血管里去。种种苦工，都归他做，他决不辞劳。其他四人除了享乐的讨好的事用他不着外，稍微吃力一点的生活就都要他帮忙。他的地位恰好站在他们的对面，对无论那个都肯帮忙。他人没有了他的助力，事业都不成功。在这点上看来，他又是五指中最重要，最力强的分子位列第一，而名之曰"大"，曰"巨"，曰"拇"，诚属无愧。日本人称此指曰"亲指"（coyayubi），又用为"丈夫"的记号；英国人称"受人节制"曰"under one's thumb"。其重要与力强于此盖可想见。用人群作比，我想把大拇指比方农人。

难看，吃苦，重要，力强，都比大拇指稍差，而最常与大拇指合作的，是食指。这根手指在形式上虽与中指无名指小指这三个有闲阶级同列，地位看似比劳苦阶级的大拇指高得多，其实他的生活介乎两阶级之间，比大拇指舒服得有限，比其他三指吃力得多！这在他的姿态上就可看出。除了大拇指以外，他最苍老：头团团的，皮肤硬硬的，指爪厚厚的。周身的姿态远不及其他三指的窈窕，都是直直落落的强硬的曲线。有的食指两旁简直成了直线，而且从头至尾一样粗细，犹似一段香肠。因为他实在是个劳动者。他的工作虽不比大拇指的吃力，却比大拇指的复杂。拿笔的时候，全靠他推动笔杆，拇指扶着，中指衬着，写出种种复杂的字来。取物的时候，他出力最多，拇指来助，中指等难得来衬。遇到龌龊的，危险的事，都要他独个人上前去试探或冒险。秽物，毒物，烈物，他接触的机会最多；刀伤，烫伤，轧伤，咬伤，他消受的机会最多。难怪他的形骸要苍老了。他的气力虽不及大拇指那么强，然而他具有大拇指所没有的"机敏"。故各种重要工作都少他不得。指挥方向必须请他，打自动电话必须请他，扳枪机也必须请他。此外打算盘，捻螺旋，解钮扣等，虽有大拇指相助，终是要他主干的。总之，手的动作，差不多少他不来，凡事必须请他上前作主。故英人称此指为fore finger，又称之为index。我想把食指比方工人。

五指中地位最优，相貌最堂皇的，无如中指。他住在中央，左右都有屏藩。他的身体最高，在形式上是众指中的首领人物。他的两个贴身左右，无名指与食指，大小长短均仿佛，好像关公左右的关平与周仓，一文一武，片刻不离地护卫着。

他的身体夹在这两人中间，永远不受外物冲撞，故皮肤秀嫩，颜色红润，曲线优美，处处显示着养尊处优的幸福。名义又最好听：大家称他为"中"，日本人更敬重他，又尊称之为"高高指"（takatakayubi）。但讲到能力，他其实是徒有其形，徒美其名，徒尸其位，而很少用处的人。每逢做事，名义上他总是参加的，实际上他总不出力。譬如攫取一物，他因为身体最长，往往最先碰到物，好像取得这物是他一人的功劳。其实，他一碰到之后就退在一旁，让大拇指和食指这两个人去出力搬运，他只在旁略为扶衬而已。又如推却一物，他因为身体最长，往往与物最先接触，好像推却这物是他一人的功劳。其实，他一接触之后就退在一旁，让大拇指和食指这两个人去出力推开，他只在旁略为助势而已。《左传》"阖庐伤将指"句下注云："将指，足大指也。言其将领诸指。足之用力大指居多。手之取物中指为长。故足以大指为将，手以中指为将。"可见中指在众手指中，好比兵士中的一个将官，令兵士们上前杀战，而自己退在后面。名义上他也参加战争，实际他不必出力。我想把中指比方官吏。

无名指和小指，真的两个宝贝！姿态的优美无过于他们。前者的优美是女性的，后者的优美是儿童的。他们的皮肤都很白嫩，体态都很秀丽。样子都很可爱。然而，能力的薄弱也无过于他们了。无名指本身的用处，只有研脂粉，蘸药末，戴戒指。日本人称他为"红差指"（benisashiyubi），是说研磨胭脂用的指头。又称他为"药指"（kusuriyubi），就是说有时靠他研研药末，或者蘸些药末来敷在患处。英国人称他为ring finger，就是为他爱戴戒指的缘故。至于小指的本身的用处，更加渺小，只是握握耳朵，爬爬鼻涕而已。他们也有被重用的时候：在丝竹管弦上，他们的能力不让于别人。当一个戴金刚钻戒指的女人要在交际社会中显示她的美丽与富有的时候，常用"兰花手指"撮了香烟或酒杯来敬呈她所爱慕的人，这两根手指正是这朵"兰花"中最优美的两瓣。除了这等享乐的光荣的事以外，遇到工作，他们只是其他三指的无力的附庸。我想把无名指比方纨绔儿，把小指比方弱者。

故我不能同情于上田氏的无名指最美说，认为他的所谓美是唯美，是优美，是颓废的美。同时我也无心别唱一说，在五指中另定一根最美的手指。我只觉五指的姿态与性格，有如上之差异，却并无爱憎于其间。我觉得手指的全体，同人群的全体一样。五根手指倘能一致团结，成为一个拳头以抵抗外侮，那就根根有效用，根根有力量，不复有善恶强弱之分了。

廿五（1936）年三月卅一日作

扇子的艺术

扇子是在中国特别发达的一种书画形式。这又不妨视为东洋的象征之一。西洋人的绘画中,取东洋风题材的,大都点缀着一把折扇;欢喜幽默的西班牙画家,尤喜在画中盛用扇子。这的确是一种悠闲不过的东西。生了手不必劳作,但为自己感觉的快适而摇了扇子;甚至连摇都不必摇,但为自己的视觉的快适而看看扇上的书画。不是雅人的清福么?故西洋人欢喜取扇子来象征东洋古风,原也有理。但画扇的艺术,仍是东洋人的特长。我们在西洋画中从未见过描着铅笔画,水彩画,或油画的扇子;反之,在中国画中,扇面占据特殊的地位。书画家的润例中,大都备有"扇面"一格,而且有的润笔特别贵;裱画店的壁上,常常粘着扇面裱成的画轴,这种画轴在厅堂书房的装饰中被视为特别雅致的一种。这足证在过去的中国,绘画艺术特别发达,不但堂室中处处挂画,连夏日的实用品的扇子都被划作画家的用武之地;因此把这实用品"艺术化",使成为一种脱离实用而独立的艺术;一种"为扇面的扇面"。又足证在过去的中国,人的生活特别悠闲,不但有工夫摇扇,又必摇描着绘画的扇,以求身体与精神两方的慰安,灵肉一致的快适。

故扇的画法，与扇的用法，都是中国人所特长的艺术。讲到画法，因为它的轮廓形状特殊，画的布局也另有一道。画材大都宜用物象的部分——例如花的折枝，竹林的一部，悬空似的果物。或者宜用不显示地平线的风景——例如连绵的群山，起伏的丛林，云雾掩映的风景。总之，扇面上不宜显示地平线，因为轮廓作弧形，地平线从左上角通到右上角，把扇面划分为畸形的上下两部，有碍美观。中国的扇面画中，人物画比较的少，就因为人物必须以房屋等为背景，而房屋是方正的东西，容易显出地平线，碍于构图的缘故。山水画比较的最多，就因为山水随高随低，随左随右，又随处可以设法遮掩地平线，易于布置的缘故。西洋画中幸而没有扇面这一格；倘使有了，西洋的画家将为构图而愁杀！因为西洋画对于背景，同主物体一样地注意，没有一幅画没有背景。中国画中常有全无背景而让主物体悬空挂在一张白纸中的画法。但照西洋画看来，这些是未完成的作品。若教西洋人画，后面必须补进许多东西，或是天，或是地，务须表出这主物体所存在的地方。因此西洋画必须有背景，必须合远近法，即必须有地平线。在扇面的轮廓中，很不容易安排妥当。恐怕这也是扇面画能在中国特殊发达的一个原因。异想天开的，不着边际的，图案式的中国画，在无论甚样的轮廓中都能巧妙地装得进去。这也可说是东方艺术的一种特色。

讲到扇子的用法，更可使人惊叹。在中国，除了劳动者手里的芭蕉扇的确负着扇的使命，的确实行着扇的职务以外，折扇、羽扇、纨扇等大抵为装饰或欣赏之用，早已放弃扇的使命，旷废扇的职务了。古代美人用纨扇障羞，诸葛亮手里一年四季拿把羽扇，不知是真是假？唱书先生确是一年四季用折扇的。他们把扇子当作惊堂木或指挥棒。扇子在他手里，仿佛艺术学校毕业生当了警察，用非所学，越俎代谋。此外用折扇的人，即使不是唱书先生，也必定是先生——男的或女的。他们大多数没有劳作，实际上不大用得着摇扇。在女的，扇明明是一道装饰，一种应酬中便于措手足的设备。在男的，扇除装饰外只是一种欣赏品。实际要风的时候，他们有电风扇，不必有劳折扇。折扇原是互相观赏用的。朋友聚在一起，寒暄之后，闲谈之余，互相"拜观"手中的折扇，晶评书画，纵论今古，大家忘记了扇之所以为扇，竟把它当作随身携带的中堂立轴看待了。其中爱好文墨者，大抵一人所有决不止一扇。置扇全同置办书画一样，越多越好。我有一位朋友，家藏折扇一大藤篮，有白面的，金面的，有湘妃竹骨的，有檀骨的，有牙骨的，总共不下数百把。除了扇面上的书画之外，扇骨子的雕刻又是很好的欣赏资料。对于这位朋友的藏扇，我没有这么多的闲工夫和闲心情来奉陪，却也很赞美他的办法。他以为：置大幅书画不如置扇。大幅书画管理既不易，欣赏又限于一定的地方。扇子收藏既便，又随身可带，在车中，在船里，在床上，在厕所中，无处不可欣赏。一本小册的画集诗集，原也可以随身到处携带，但终不及扇子的自然。——这话我完全赞成。倘使年光倒流，我们做了盛世黎民，我极愿得这位朋友，来发起一个"全国扇面展览会"，或者在《申报》上写几篇宣传文章，劝国内的青年每人办起百把折扇来。这虽然是梦话，但这位朋友的扇的用法，我始终觉得可取。看画和看字若有益于身心，这也是一种实用。那么这些扇子并不是"为扇子的扇子"，并不是无实用的扇子，不过是由"扇风"的实用转变了别种的实用罢了。

利用扇面书画作某种实用的，我小时就看见过，就是科举时代考乡试的秀才们用的折扇。那扇面是石印的，一面印着乡试场的平面图，中央是明远楼、至公堂等建筑，两旁是蜂窠似的试场，好像是用千字文作号码的。这就是杭州贡院——现在省立高级中学所在地——的地图。另一面印着密密的蝇头细字，是诗韵的全部，从一东二冬……直到十六叶，十七洽，所有的字都被包括在内。这种扇子现今早已绝迹，旧家或者还当作古物保藏着。设想自己退回半个世纪，做了科举时代的人，觉得这种扇子实在合用。一方面可作入考场的向导，他方面可作吟试诗时押韵的参考。而且当时的人长袍大袖，养着寸把长的指爪的手里拿一把折扇，姿态非常自然。见者将以为这是天然的文雅的装饰品，完全想不到这把折扇有着实用的目的。这件东西在今日虽已无用，这个方法我觉得还是可取。所谓可取，不一定是模仿他们，也在折扇上印上对现代人有实用的花样，好比日本商店赠送顾客的广告扇子一样（中国的商店也早已有过这种赠品了）。我所谓可取，是这种扇中所有的"美术品的实用性"与"实用品的美术化"，却不限定于扇。纯粹的独立的美术，固然具有高贵的艺术价值；可是在生活繁忙的现世，只限于少数人能够领略欣赏。倘要使美术这种香味普遍于人类，提倡纯正美术没有用，只有提倡实用美术或有希望。提倡之法，就是使美术品具有实用性，使实用品美术化。这仿佛在家常便菜上撒几点味精，凡有口的人，大家感觉快美。

　　说话离开了本题。现在回到扇子上去结束吧。入夏以来，我看见几位有心的青年，利用扇子来勉学励志，我觉得是值得提出来说说的。有一位好学青年，把代数几何的定理工整地抄写在扇面上，预备在暑假中随时记诵。又有一位爱国青年，把附有种种国耻事件的漫画的中国地图描写在扇面上，预备随时给人传观。他大概是参考了最近各杂志上的记载和漫画而集成的，画得很精致，并且很触目。密布的国耻纪念，可惊的屈辱条件，血一般鲜红的字，使人触目惊心。把国耻记在扇上，亦犹"子张书绅"之意，这青年真可爱！可惜这只是个人的手制品；若得用石印复制一下，同商店的广告扇子一般分送，也是一种唤醒民族的呼声，而且其呼声不会比一册杂志弱呢。

　　这两种扇面的书画，迥非古昔的行草隶篆、山水花鸟的纯正美术可比；它们是一种说明或宣传，即一种实用。但其工整的描写中含有美术的分子，这也可说是一种美术。在戎马仓皇的时节，美术也只能暂取这样的形式而出现于社会了。

廿五（1936）年七月作

从梅花说到艺术

　　"寻常一样窗前月，才有梅花便不同。"不同在于何处？我们只能感到而不能说出。但仅乎像吃糖一般地感到一下子甜，而无以记录站在窗前所切实地经验的这微妙的心情，我们总不甘心。于是就有聪明的人出来，煞费苦心地设法表现这般心情。这等人就是艺术家，他们所作的就是艺术。

　　对于窗前的梅花，在我们只能观赏一下，至多低徊感叹一下。但在宋朝的梅花画家杨无咎，处处是杰作的题材；在词人姜白石，可为《暗香》《疏影》的动机。我们看了梅花的横幅，读了《暗香》《疏影》，往往觉得比看到真的梅花更多微妙的感动，于此可见艺术的高贵！我有时会疏慢地走过篱边，而曾不注意于篱角的老梅；有时虽注意了，而并无何等浓烈的感兴。但窗间的横幅，可在百忙之中牵惹我的眼睛，使我注意到梅的清姿。可见凡物一入画中便会美起来。梅兰竹菊，实物都极平常。试看：真的梅树不过是几条枯枝；真的兰叶不过是一种大草；真的竹叶散漫不足取；真的菊花与无名的野花也没有什么大差。经过了画家的表现，方才美化而为四君子。这不是横幅借光梅花的美，而是梅花借光横幅的美。梅花受世人的青眼，全靠画家的提拔。世间的庸人俗子，看见了梅兰竹菊都会啧啧称赞，其实他们何尝自能发现花卉的美！他们听见画家有四君子之作，因而另眼看待它们。另眼看待之后，自然对于它们特别注意；特别注意的结果，也会渐渐地发见其可爱了。

我自己便是一个实例。我幼年时候，看见父亲买兰花供在堂前，心中常是不解他的用意。在我看来，那不过是一种大草，种在盆里罢了，怎么值得供在堂前呢？后来年纪稍长，有一天偶然看见了兰的画图，觉得其浓淡肥瘦、交互错综的线条，十分美秀可爱，就恍然悟到了幼时在堂前见惯的"种在盆里的大草"。自此以后，我看见真的兰花，就另眼看待而特别注意，结果觉得的确不错，于是"盆里的大草"就一变而为"王者之香"了，世间恐怕不乏我的同感者呢。

有人说：人们不是为了悲哀而哭泣，乃为了哭泣而悲哀的。在艺术上也有同样的情形，人们不是感到了自然的美而表现为绘画，乃表现了绘画而感到自然的美。换言之，绘画不是模仿自然，自然是模仿绘画的。

英国诗人王尔德（Wilde，1856—1900）有"人生模仿艺术"之说。从前的人，都以为艺术是模仿人生的。例如文学描写人生，绘画描写景物。但他却深进一层，说"人生模仿艺术"。小说可以变动世间的人的生活，图画可以变动世间的人的相貌。据论者所说，这是确然的事：卢骚（卢梭）（J. J. Rousseau，1712—1778）作了《哀米儿》（《爱弥儿》）

（*Emile*），法国的妇人大家退出应接室与跳舞厅而回到育儿室中去。洛西谛（罗赛蒂）（D.G.Rossetti，1828—1882）画了神秘而凄艳的Beatrice（比亚特丽丝）（即意大利大诗人但丁的《神曲》中的女主人，是但丁的恋人）的像，英国的少女的颜貌一时都变成了Beatrice式。日本的竹久梦二画了大眼睛的女颜，日本现在的少女的眼睛都同银杏果一样。有一位善于趣话的朋友对我说："倘使世间的画家大家都画没有头的人，不久世间的人将统统没有头了。"读者以为这是笑话么？其实并不是笑话。世间的画家决不会画没有头的人，所以人的头决不会没有。但"人生模仿艺术"之说，决不是夸张的。理由说来很长，不是这里所可猎涉。简言之，因为艺术家常是敏感的，常是时代的先驱者。世人所未曾做到的事，艺术家有先见之明。所以艺术家创造未来的世界，众人当然跟了他实行。艺术家创造未来的自然，自然也会因了培养的关系而跟了他变形。梅花经过了杨无咎与姜白石的描写，而渐渐地美化。今日的梅花，一定比宋朝以前的梅花美丽得多了。

闲话休题，我们再来欣赏梅花。在树上的是梅花的实物，在横幅中的是梅花的画，在文学中的是梅花的词。画与词都是艺术品。艺术品是因了材料而把美具体化的。材料不同，有的用纸，有的用言语，有的用大理石，有的用音。即成为绘画、文学、雕刻、音乐等艺术。无论哪一种艺术，都是借一种物质而表现，而诉于我们的感觉的。"美是诉于感觉"，是希腊的柏拉图的名论，在前篇中早已提及了。

但我们先看梅花的画，次读《暗香》《疏影》的词，就觉得滋味完全不同。即绘画中的梅花与文学中的梅花，表现方法完全不同。绘画中描出梅花的形状，诉于我们的视觉，而在我们心中唤起一种美的感情。文学却不然：并没有梅花的形状，而只有一种话，使我们读了这话而在心中浮出梅花的姿态来。试读《暗香》：

> 旧时月色，算几番照我，梅边吹笛？唤起玉人，不管清寒与攀摘。何逊而今渐老，都忘却，春风词笔。但怪得、竹外疏花，香冷入瑶席。　　江国，正寂寂。叹寄与路遥，夜雪初积。翠尊易泣，红萼无言耿相忆。长记曾携手处，千树压西湖寒碧。又片片吹尽也，几时见得？

"旧时月色，算几番照我，梅边吹笛"数句可使人脑中浮出一片月照梅花的景象，和许多梅花以外的背景（月、笛、我）。读到"竹外疏花，香冷入瑶席"，恍然思起幽静别院的雅会。读到"千树压西湖寒碧"，又梦见一片香雪成海的孤山的景色。再读《疏影》：

> 苔枝缀玉，有翠禽小小，枝上同宿。客里相逢，篱角黄昏，无言自倚修竹。昭君不惯胡沙远，但暗忆江南江

北。想佩环、月夜归来，化作此花幽独。　　犹记深宫旧事，那人正睡里，飞近蛾绿。莫似东风，不管盈盈，早与安排金屋。还教一片随波去，又却怨玉龙哀曲。等恁时、重觅幽香，已入小窗横幅。

"篱角黄昏，无言自倚修竹"，可使人想起岁寒三友图的一部。读到"已入小窗横幅"，方才活现地在眼前呈出一幅疏影矢娇的梅花图。然而我们在《暗香》《疏影》中所见的梅花，都只是一种幻影，不是像看图地实际感觉到梅花的形与色的。在这里可以悟到文学与造型美术（绘画，雕刻等）的不同。绘画与雕刻确是诉于感觉的艺术，但文学并不诉于感觉。文学只是用一种符号（文字）来使我们想起梅花的印象。例如我们看见"梅"之一字，从"梅"这字的本身上并不能窥见梅花的姿态。只因为看见了"梅"字之后，我们就会想起这字所代表的那种花，因而脑中浮出关于这花的回忆来。倘用心理学上的专词来说，这是用"梅"的一种符号来使我们脑中浮出梅花的"表象"。所以文学中的梅花与绘画中的梅花全然不同，绘画是诉于"感觉"的，文学是诉于"表象"的。柏拉图的名论有些不对。但"表象"是"感觉"的影，故柏拉图的名论也可说是对的。

但诉于表象的文学，与专诉于感觉的其他的艺术（绘画、音乐、雕刻、建筑、舞蹈等），在性质上显然是大不相同。这可分别名之为"表象艺术"与"感觉艺术"。现在试略述这两种艺术的异点。

表象艺术所异于感觉艺术的，是其需要理知的要素。例如"梅花开"，是"梅花"的表象与"开"的表象的结合。必须用理知来想一想这两个表象的关系，方才能知道文学所表现的意味。且文学中不但要表象，又需概念与观念。例如说"梅"，所浮出的梅花的表象，必是从前在某处看见过的梅花。即从前的经验具象地浮出在脑际。这便是"表象"。但倘不说梅兰竹菊，而仅说一个"花"字，则脑中全然不能浮出一种具象的东西，只是一种漠然的，共通的抽象的花。这便是"概念"。又如不说梅或花，而说一抽象的"美"字，这便是"观念"。"旧时月色"的"旧时"，"不管清寒"的"清寒"，都是观念。"善恶""运命""幸福""和平"……都是观念。观念决不能具象地浮出在我们的脑中，只能使我们作论理的"思考"。

至如表现人生观的文学作品，更非用敏锐的头脑来思考不可了。记得美国（英国）的文豪卡莱尔（Carlyle，1795—1881）说过，"我们要求思考的文学"。可知思考是文学艺术上的一种特色。

但在绘画上，就全然不同了。例如这里挂着一幅《梅妻鹤子图》。画中描一位林和靖先生，一只鹤和梅树，我们看这幅画时，虽然也要理知的活动，例如想起这是宋朝的处士林和靖先生，他是爱梅花和鹤的……但看画，仍以感觉为主。处士的风貌与梅鹤的样子，必诉于我们的眼。即绘画的本质，仍是诉于我们的感觉的。理知的活动，不过是暂时的，一部分的，表面的。决不像读到"只因误识林和靖，惹得诗人说到今"的诗句时的始终深入于理知的思考中。

所以看画的，要知道画的题材（意义），不是画的主体。画的主体乃在于形状，线条、色彩与气韵（形式）。换言之，画不是想的，是看的（想不过是画的附属部分）。文人往往欢喜《梅妻鹤子图》《赤壁泛舟图》《黛玉葬花图》；基督徒欢喜《圣母子图》《基督升天图》，这都是欢喜画的附属物的题材（意义），而不是赏识画的本身的表现（形式），题材固然也有各人的嗜好，但表现的形式尤为主要，切不可忽视。

近世的西洋画，渐渐不重题材而注意画的表现形式（技术）了。印象派的画家，不选画题，一味讲究色彩的用法、光的表出法。寻常的野景、身边的器什，都可为印象派画家的杰作的题材。印象派大画家莫南（莫奈）（Monet，1840—1926）曾经把同一的稻草堆画了十五幅名画（朝、夕、晦、明，种种不同）。没有训练的眼，对着了十五幅稻草一定觉得索然无味。这显然是绘画的展进于专门的境域。至于印象派以后，这倾向更深。像未来派、立体派等绘画，画面全是形、色、线的合奏，连物件的形状都看不出了。

十八（1929）年岁暮，为《中学生》"美术讲话"作

乡愁与艺术
——对一个南洋华侨学生的谈话

你现在是到你的故乡来读书。然而你又像到异邦，不但离家数千里，举目无亲，而且连故乡的气候，风土，人情，都不惯于你。这是何等奇怪的情形！我想，身处这样的地位的你，有时心中一定生起异常的感觉。这异常的感觉之中，我想一定会有一种悲哀。这种悲哀，叫做"乡愁"。乡愁，就是你侨居在异土，而心中怀念你的祖国时所起的一种悲哀。实际上，在南洋有你的家庭，又是你的生地，环境又都适合于你，上海没有你的戚族，又是你初次远游到的地方，温带的气候，江南的风俗人情，又都不适合于你。然而那边是外国，这里是你的故乡。所以你如果有乡愁，你的乡愁一定与我从前旅居日本时的乡愁性质不同，你的比我的更复杂而奇离。我是犹之到朋友亲戚家作客，你是，犹之送给人家做干儿子了。此地是你的真的娘家，现在你是暂时回娘家来，但你已不认识你的母亲，心中想着："这是我的生母，但是我为什么对她这样陌生呢？"像你的年纪，一定已经有这种"乡愁"的经验的可能了。

乡愁，nostalgia，这个名词实在是很美丽。这是一种sweet

sorrow（甘美的愁）。世间有一种人，叫做cosmopolitan，即世界人。想起来这大概是"到处为家"的人的意义。到处为家，随寓而安，也有一种趣味，也是一种处世的态度。但是乡愁也是有趣的，也是一种自然而美丽的心境。尤其是像你那种性质的乡愁，趣味更为深远。凡人的思想，浅狭的时候，所及的只是切身的，或距身不远的时间与空间；越深长起来，则所及的时间空间的范围越大。例如小孩，或愚人，头脑简单，故只知目前与现在，智慧的大人有深长的思想，故有世界的与永劫的眼光。你在南洋的家中，衣丰食足，常是团圆的欢喜的日子，平日固然不会发生什么"愁"；但如果你的思想深长起来，想到你的一生的来源的时候，你就至少要一想"中国"了。"我是中国人，我的血管里全是中国人的血，同我周围的人的血管是不相通的。"如果这样想的时候，幽而美的乡愁就来袭你的心了。

　　我告诉你：我的赞美乡愁，不是空想的，不是狂文学的（rhapsodic），不是故意来慰安你，更不是讨好你。幽深的，微妙的心情，往往发而为出色的艺术，这是实在的事情。例如自来的大艺术家，大都是怀抱一种郁勃的心情的。这种郁勃的心情，混统地说起来，大概是对于人生根本的，对于宇宙的疑问。表面地说起来，有的恼于失恋，有的恼于不幸。历来许多的艺术家，尤其是音乐家，诗人，其生平都有些不如意的苦闷，或颠倒的生活。我可以讲两个怀乡愁病的艺术家的话给你听。就是英国拉费尔（拉斐尔）前派的首领画家洛赛典（罗赛蒂），及浪漫派音乐大家晓邦（肖邦）的事。

19世纪欧洲的画界里，新起的同时有两派，一是叫印象派，你大概是所见过的。还有一派叫做"拉费尔前派"（Pre-Raphaelitist），虽然在近代艺术上的地位不及印象派重要，然而是与印象派同时并起的二画派，为十九世纪新艺术的两面。不过因为印象派艺术略占一点势力，能延续维持其旗帜；拉费尔前派范围狭小一点，只是在英国作短期间的活动就消灭。然讲到艺术的价值，其实拉费尔前派也是很有基础的。洛赛典（Rossetti），就是这画派的首领画家。他的艺术的特色，是绘画中的诗趣与情热的丰富，他的杰作有《陪亚德利兼（比亚特丽丝）的梦》（Beatrices Dream，见但丁《神曲》），《浮在水上的渥斐利亚》（见沙翁剧），大多数的杰作是描写文字中的光景的。记得《小说月报》上曾登载过洛赛典的作品的照相版的插画，好像《陪亚德利兼的梦》也是在内的。你大概看见过。你如果对于这样的画感到兴味，我劝你再去找《小说月报》来翻翻看。这是乡愁病者的画！洛赛典是个怀乡愁的人。他的乡愁，产生他这种华丽的浪漫主义的艺术。

洛赛典，大家晓得他是英国人，而且是有名的英国诗人，兼画家。照理，英国是产生gentleman（绅士）的保守国，不该生出这样热情的，浪漫的洛赛典。是的，英国确是不会产生洛赛典的；洛赛典并不是英国人，稍稍仔细一点的人，大概从他的姓Rossetti的拼法上可以看出他不是英国人。原来他的父亲是意大利的狂诗人，亡命到英国。他的母亲是北欧女子。他的血管里，全没有英吉利人的血，所以他的性格也全非英吉利的血统。他的性格，是热情的南欧与阴郁的北欧的混合。秉这性质而生在英吉利的环境中，在他胸中就笼罩起一种"乡愁"来。英吉利的生活，是酿成他的怀古的、幻想的乡愁的。倘使他没有这种不可抑制的乡愁，他的浪漫主义一定不会有这样的实感。这是最著名的乡愁的艺术家之一人。

还有一个大家都晓得乡愁的艺术家，是音乐家晓邦（Chopin）。晓邦是近代的所谓法国式浪漫乐派的九大家之一。他是披雅娜（钢琴）名手，俄国大音乐家罗平喜泰（鲁宾斯坦）曾赞他为"披雅娜诗人"。他的作曲非常富于美丽的热情，其情思的缠绵悱恻，委曲流丽，有女性的气质。他所最多作的乐曲，是所谓"夜曲"（"nocturne"），一种西洋乐曲名，用披雅娜或怀娥铃（小提琴）奏（详见我所著《音乐的常识》）。其次是"马兹尔加"（"玛祖卡"）（"mazurka"）"波罗耐斯"（"波洛涅兹"）（"polonaise"）舞曲等。现在上海的各乐器店内，均有晓邦的作曲出售，懂得一点弹披雅娜的人，大概都能弹晓邦的夜曲。故你们听到"夜曲"，便联想到它的作者晓邦，好像夜曲是晓邦所专有的了。

"夜曲"，即使你没有听到过，但看字面，也可猜谅这种乐曲的情趣。"夜"的曲，总是"幽"的，"静"的，

"美丽"的，"热情"的，"感伤"的。晓邦何以专作这样幽静的，美丽的，热情的，感伤的音乐呢？也是乡愁的力所使然的！

大家晓得晓邦是生于法国的，平日是漂泊在柏林、巴黎的。独不知他的父亲虽是法国人，但他的母亲是波兰人。波兰是已经亡国了的。故晓邦的血管里，是情热的法兰西系与亡国的哀愁的波兰系的交流。生活在法兰西，以法兰西人为父亲，而又具有波兰人的血统，波兰人气质，以波兰人为母亲，就使他感念自己的身世，酿成许多乡愁的块垒在胸中，发泄而为那种幽美的，热情的，感伤的音乐。

晓邦是披雅娜（piano）大家，西洋音乐界上自出了十八世纪的音乐救世主罢哈（巴赫）（Bach）以后，从未有像晓邦的理解披雅娜的人。所以他有"披娜雅诗人"的称誉，又被称为"披雅娜之魂"。晓邦苦于失恋，死于肺病，生涯如此多样，故作风亦全是美丽的感情的。他平生多忧善病，故作品中有女性的情调。他又有贵族的性格，在作品中也时时现出一种贵族的delicacy（纤雅）。故他的作品，可说全是性格的照样的反映。他的作曲，一方面温厚，正大，充满诗趣，他方面其旋律句又都有勾引人心的魔力。你可惜没有听到过他的作曲。你听起来，我想你的心一定被勾引，如果你胸中也怀着一种甘美的乡愁。

这两个艺术家，可称为"乡愁的艺术家"。我所谓乡愁发泄于艺术上的，就是指这种人。但是"乡愁"两字，又不可不再加注解一下。

第一，我赞美所谓乡愁，不是说有了愁便可创作艺术，也不是教你学愁。所谓乡愁，其实并非实际地企求归复故乡而不得，而发生的愁。这是一种渺然的，淡然的，不知不觉地笼罩人心的愁绪。换个说法，凡衣食丰足的幸福者，必感情少刺激，生活平易；处于漂泊的境遇的人，往往多生感触，感触多则生愁绪，这种愁，宁可说是一种无端的愁，无名的愁（nameless sorrow），即所谓"忧来无方"，"愁来无路"，不是认真企图返故乡、归祖国而不得的愁。如果是认真企图返故乡、归祖国而不得的愁，那就切于现实，与商人图利不得，兵官出仕不胜的懊恼同样，全无诗趣，更不甘美了。

第二，我赞美乡愁，不是鼓吹"女性化"，提倡"柔弱温顺"。凡真是"优美"的，同时必又是"严肃"，"有力"的。否则这"优美"就变成偏缺的"柔弱"，是不健全的了。乡愁，尤其是像晓邦的态度，表面看来似乎是偏于"柔弱""阴涩"的"女性化"的，其实并非这样简单。晓邦的作曲，听起来一面"优美纤雅"，一面又"温厚""正大"，决不是"弱"的，"晦"的之谓。只要看"夜曲"的夜，即大自然的夜，就可明白了。我们对于昼夜，自然感情不同，但决不是昼阳的，夜阴的，昼明的，夜晦的，昼强的，夜弱的，昼严的，夜宽的，昼男性的，夜女性的。昼明夜晦，全是表面的看法。在人——尤其是富于情感的人——的感情上，夜有夜的阳处，夜的明处，夜的强处，夜的严处，夜的男性处。晓邦的气质，便与"夜"同样，我所赞美的乡愁，也并非单是教人效"儿女依依"之态。人的感情，其实刚中有柔，柔中有刚；英雄的一面是儿女，儿女的一面是英雄。

所以我的对你赞美乡愁，不是说"你是离祖国客居南洋的，应该愁"！也不是说"你是个漂泊身世，应该效儿女的镇日悲愁"！

你是欢喜音乐的，我再拿音乐的话来为你说说。

美国，大家晓得是一百多年前哥伦布发见了新大陆的美洲，由欧洲殖民而成的。美国是"乡愁之国"。他们虽然移居美洲已经百余年了，然静静回想的时候，欧洲总是他们的祖国，故乡，他们是客居在美洲的异域的。大家都晓得美国是pragmaticists的产地，即实利主义者的产地。在上海的美国人，都是商店的"老板"，即所谓shop keepers。说也奇怪，这等孜孜为利的老板们的一面，是乡愁者。何以晓得呢？看他们的音乐就可以知道。

美国是新造国，什么都没有坚固的建设，音乐也如此。美国没有大音乐家，除比较的有名的麦克独惠尔（麦克道惠尔）（Mcdowell）以外。然而美国的音乐有一种特色，即其民谣的美丽。且其美丽都是乡愁的美丽，在歌词上，在旋律上，均可以明明看出。我已经教你们唱过的美国民谣中，已经有三首，即*Old Folks at Home*（《故乡的亲人》）、*Massa's in the Cold, Cold Ground*（《马萨在冰冷的地中》）、*My Old Kentucky Home*（《我的肯塔基故乡》）。前面两曲，乡愁的色彩更为浓重。

我们试把前两首及*Dixie Land*（《迪克西》）的歌谱，举在下面。

Old Folks at Home

D调 4/4

```
3  —  2  1  3  2 │ 1    i  6  i · │
'Way down up-on the  Swa-  nee Ri-ver,
All   up and down de  whole cre-a-tion,
```

```
5  —  3  1 │ 2 — —0 │ 3  —  2  1  3  2 │
Far,  far a-way,   Dere's wha my heart is
Sad- ly  I  roam,   Still long-ing for de
```

```
1  i  6 i · │ 5  3 · 1  2  2 · 2 │ 1 — —0 :‖
turn-ing ev-er, Dere's wha de old folks   stay
old pian-ta-tion, And for de old folks at home.
```

副歌

7 · <u>i</u> 2　5 | 5 · <u>6</u> 5　<u>i</u> | <u>i</u> 6　4　6 |

All de world is sad and drear-y, Ev-'ry-where I

5— —0 | 3— <u>2</u> <u>1</u> <u>3 2</u> | <u>1 i</u>　<u>6</u>　i · |

roam;　Oh! dark-ies how my heart grows wear-y,

5　　<u>3 · 1</u>　2　<u>2 · 2</u> | 1 — — 0 ‖

Far from de old folks at　home.

　　我们来回想回想看：*Old Folks at Home* 的旋律，充满着“怨慕”“愁诉”的情调。在第三行的 refrain（副歌）之处，突然兴奋，正是高潮。第四行的继以静寂，又何等“感伤”的。在歌词上，所谓 My heart is turning ever（我的心永远向往），所谓 All the world is sad and dreary（全世界都是悲哀与恐怖），所谓 Far from the old folks at home（远离旧家），明明是乡愁的诉述。这是何等美丽的情调！我每唱到或弹到这曲的时候，总被惹起无限的辛酸。

Massa's in de Cold, Cold Ground

D调4/4

5 · 　<u>6</u> <u>5</u> <u>3</u>　<u>2</u> <u>1</u> | i — 6　0<u>6</u> |

Round　de mead-ows am a-　ring-　ing De

5   3   3 · 1 |2 — — 0| 5 · 6 5   3 2 1|

dark-ies' mourn-ful song, — While de mock-ing bird am

i̇ — 6 0 | 6 5 3 1 3 2 | 1 — — 0|

sing- ing,   Hap-py as de day am long. —

5 · 6 5 3 2 1 | i̇ — 6 0 | 5 · 3 3 1 |

Where dei-vy am a- creep-ing O'er de grass-y

2 — — 0| 5 · 6 5 3   2 1 | i̇ — 6 0 |

mound, —Dar old Mas-sa am a- sleep-ing,

6 5 3 1 3   2 | 1 — — 0| i̇ — 7 6 |

sleep-ing in de cold, cold ground. Down in de

5 — 3 0 | 6 5 3 1 |2 — — 0 |

corn-field, Hear dat mourn-ful   sound.

5 · 6 5 3 2 1 | i̇ — 6 0 |

All de dark-ies am a-   weep- ing,

6 5 3 1 3   2 | 1 — — 0 ‖

Mas-sa's in de cold, cold   ground.

《马萨在冰冷的地中》一曲，词句上虽然只是吊马萨之死，没有明明表示出乡愁的意思，然旋律的"静美""哀艳"，实与前曲同而不同。同的是怀乡的哀情，不同的是前者为"愁诉"的，后者为"抒情"的。

美国的民谣都是这类的么？倒并不然。说也奇怪，美国一面有这样"哀艳""静美"的音乐，他面又有非常"雄壮""堂堂威武"的音乐。例如*Hail Columbia*（《欢呼哥伦比亚》）、*Star-Spongled Banner*（《星条旗》）、*Dixie Land*等便是。最后一曲，是我曾经教你们唱的。

Dixie Land

C调　2/4

合唱

5 · 2 3 | 1 0 5 6 7 | i 3 2 · i |
way! Dix-ie Land.Den I wish I was in

6 i 6 | 2 · 6 | 2 · 5 6 7 | i 3 2 · i |
Dix-ie, Hoo-ray! Hoo-ray! In Dix-ie Land, I'll

6 7 | i · 6 | 5 3 i 3 | 3 2 3 |
take my stand to lib and die in Dix-ie; A-

1 · 3 | 2 · 6 | 5 3 | i · 3 2 i 3 |
wa, a- way, A- way down south in Dix-ie; A-

1 · 3 2 · 6 | 5 3 3 · i | 2 i |
way, A- way, A- way down south in Dix-ie.

*Dixie Land*一曲，拍子非常急速，音域很广，旋律进行的步骤多跳跃，这等都是"雄大"的条件。就歌词上看，也不复有像前二曲的心情描写，而只是勇往奋进的希望，祈愿。无论旋律与歌词，都与前二曲处完全反对的地位。这实在是美国音乐上很有趣的一种特色；也恐是殖民国的特色吧。

美国是殖民之国，是乡愁之国，然而其人一方面有去国怀乡的情感，他方面又有勇往直前的壮气，和孜孜于商业实业的工夫。无论这等是好，是坏，仅这"多样"的一点，已是可以使人佩服的了。这更可以证明乡愁这种感情，不是"柔弱""懦怯"的。

南洋侨胞是"侨民"，不像美国人的是"殖民"。然无论侨民，殖民，其去祖国而客居别的土地的一点是相同的。我现在为你说美国人的音乐，却偶然变成了很对题的话，真怪有意思呢！

于上海江湾立达学园

谈自己的画

　　把日常生活的感兴用"漫画"描写出来——换言之，把日常所见的可惊可喜可悲可哂之相，就用写字的毛笔草草地图写出来——听人拿去印刷了给大家看，这事在我约有了10年的历史，仿佛是一种习惯了。中国人崇尚"不求人知"，西洋人也有"What's in your heart let no one know"①的话。我正同他们相反，专门画给人家看，自己却从未仔细回顾已发表的自己的画。偶然在别人处看到自己的画册，或者在报纸、杂志中翻到自己的插画，也好比在路旁的商店的样子窗中的大镜子里照见自己的面影，往往一瞥就走，不愿意细看。这是什么心理？很难自知。勉强平心静气观察自己，大概是为了太稔熟，太关切，表面上反而变成疏远的缘故。中国人见了朋友或相识者都打招呼，表示互相亲爱；但见了自己的妻子，反而板起脸不搭白，表示疏远的样子。我的不欢喜仔细回顾自己的画，大约也是出于这种奇妙的心理的罢？

　　但现在杂志编者定要我写这个题目，我非仔细回顾自己的

---

　　①　此句意为"你心里想的，不要让别人知道"。

画不可了。我找集从前出版的《子恺漫画》《子恺画集》等书来从头翻阅，又把近年来在各杂志和报纸上发表的画的留稿来逐幅细看，想看出自己的画的性状来，作为本文的材料。结果大失所望。我全然没有看到关于画的事，只是因了这一次的检阅，而把自己过去十年间的生活与心情切实地回味了一遍，心中起了一种不可名状的感慨，竟把画的一事完全忘却了。

因此我终于不能谈自己的画。一定要谈，我只能在这里谈谈自己的生活和心情的一面，拿来代替谈自己的画罢。

约十年前，我家住在上海。住的地方迁了好几处，但总无非是一楼一底的"弄堂房子"，至多添一间过街楼。现在回想起来，上海这地方真是十分奇妙：看似那么忙乱的，住在那里却非常安闲，家庭这小天地可与忙乱的环境判然地隔离，而安闲地独立。我们住在乡间，邻人总是熟识的，有的比亲戚更亲切；白天门总是开着的，不断地有人进进出出；有了些事总是大家传说的，风俗习惯总是大家共通的。住在上海完全不然。邻人大都不相识，门整日严扃着，别家死了人与你全不相干。故住在乡间看似安闲，其实非常忙乱；反之，住在上海看似忙乱，其实非常安闲。关了前门，锁了后门，便成一个自由独立的小天地。在这里面由你选取甚样风俗习惯的生活：宁波人尽管度宁波式的生活，广东人尽管度广东式的生活。我们是浙江石门湾人，住在上海也只管说石门湾的土白，吃石门湾式的饭菜，度石门湾式的生活；却与石门湾相去数百里。现在回想，这真是一种奇妙的生活！

　　除了出门以外，在家里所见的只是这个石门湾式的小天地。（以下所谈的，都是我曾经画过的。）有时开出后门去换掉些头发；有时从过街楼上挂下一只篮去买两只团子；有时从阳台眺望屋瓦间浮出来的纸鸢，知道春已来到上海。但在我们这个小天地中，看不出春的来到。有时几乎天天同样，辨不出今日和昨日。有时连日没有一个客人上门，我妻每天的公事，就是傍晚时光抱了瞻瞻，携了阿宝，到弄堂门口去等我回家。两岁的瞻瞻坐在他母亲的臂上，口里唱着"爸爸还不来！爸爸还不来！"，六岁的阿宝拉住了他娘的衣裾，在下面同他和唱。瞻瞻在马路上扰攘往来的人群中认了带着一叠书和一包食物回家的我，突然欢呼舞蹈起来，几乎使他母亲的手臂撑不住。阿宝陪着他在下面跳舞，也几乎撕破了他母亲的衣裾。他们的母亲笑着喝骂他们。当这时候，我觉得自己立刻化身为二人。其一人做了他们的父亲或丈夫，体验着小别重逢时的家庭团圞之乐；另一个人呢，远远地站了出来，从旁观察这一幕悲欢离合的活剧，看到一种可喜又可悲的世间相。

　　他们这样地欢迎我进去的，是上述的几与世间绝缘的小天地。这里是孩子们的天下。主宰这天下的，有三个角色，除了瞻瞻和阿宝之外，还有一个是四岁的软软，仿佛罗马的三头政治。日本人有tototenka（父天下）、kakatenka（母天下）之名，我当时曾模仿他们，戏称我们这家庭为 tsetsetenka（瞻瞻天下）。因为瞻瞻在这三人之中势力最盛，好比罗马三头政治中的领袖。我呢，名义上是他们的父亲，实际上是他们的臣仆；而我自己却以为是站在他们这政治舞台下面的观剧者。丧失了美丽的童年时代，送尽了蓬勃的青年时代，而初入黯淡的中年时代的我，在这群真率的儿童生活中梦见了自己过去的幸福，觅得了自己已失的童心。我企慕他们的生活天真，艳羡他们的世界广大。觉得孩子们都有大丈夫气，大人比起他们来，个个都虚伪卑怯；又觉得人世间各种伟大的事业，不是那种虚伪卑怯的大人们所能致，都是具有孩子们似的大丈夫气的人所建设的。

我翻到自己的画册，便把当时的情景历历地回忆起来。例如：他们跟了母亲到故乡的亲戚家去看结婚，回到上海的家里时也就结起婚来。他们派瞻瞻做新官人。亲戚家的新官人曾经来向我借一顶铜盆帽。（当时我乡结婚的男子，必须戴一顶铜盆帽，穿长衫马褂，好像是代替清朝时代的红缨帽子、外套的。我在上海日常戴用的呢帽，常常被故乡的乡亲借去当作结婚的大礼帽用。）瞻瞻这两岁的小新官人也借我的铜盆帽去戴上了。他们派软软做新娘子。亲戚家的新娘子用红帕子把头蒙住，他们也拿母亲的红包袱把软软的头蒙住了。一个戴着铜盆帽好像苍蝇戴豆壳；一个蒙住红包袱好像狮狲扮把戏，但两人都认真得很，面孔板板的，跨步缓缓的，活像那亲戚家的结婚式中的人物。宝姊姊说"我做媒人"，拉住了这一对小夫妇而教他们参天拜地，拜好了，又送他们到用凳子搭成的洞房里。

我家没有一个好凳，不是断了脚的，就是擦了漆的。它们当凳子给我们坐的时候少，当游戏工具给孩子们用的时候多。在孩子们，这种工具的用处真真广大：请酒时可以当桌子用，搭棚棚时可以当墙壁用，做客人时可以当船用，开火车时可以当车站用。他们的身体比凳子高得有限，看他们搬来搬去非常吃力。有时汗流满面，有时被压在凳子底下。但他们好像为生活而拼命奋斗的劳动者，决不辞劳。汗流满面时可用一双污的小手来揩摸，被压在凳子底下时只要哭过几声，就带着眼泪去工作了。他们真可说是"快活的劳动者"。哭的一事，在孩子们有特殊的效用。大人们惯说："哭有什么用？"原是为了他们的世界狭窄的缘故。在孩子们的广大世界里，哭真有意想不到的效力。譬如跌痛了，只要尽情一哭，比服凡拉蒙灵得多，能把痛完全忘却，依旧遨游于游戏的世界中。又如泥人跌破了，也只要放声一哭，就可把泥人完全忘却，而热衷于别的玩具。又如花生米吃得不够，也只要号哭一下，便好像已经吃饱，可以起劲地去干别的工作了。总之，他们干无论什么事都认真而专心，把身心全部的力量拿出来干。哭的时候用全力去哭，笑的时候用全力去笑，一切游戏都用全力去干。干一件事的时候，把这事以外的一切别的事统统忘却。一旦拿了笔写字，便把注意力全部集中在纸上。纸放在桌上的水痕里也不管，衣袖带翻了墨水瓶也不管，衣裳角拖在火钵里燃烧了也不管。一旦知道同伴们有了有趣的游戏，冬晨睡在床里的会立刻从被窝钻出，穿了寝衣来参加；正在换衣服的会赤了膊来参加；正在洗浴的也会立刻离开浴盆，用湿淋淋的赤身去参加。被参加的团体中的人们对于这浪漫的参加者也恬不为怪，因为他们大家把全精神沉浸在游戏的兴味中，大家入了"忘我"的三昧境，更无余暇顾到实际生活上的事及世间的习惯了。

成人的世界，因为受实际的生活和世间的习惯的限制，所以非常狭小苦闷。孩子们的世界不受这种限制，因此非常广大自由。年纪愈小，他的世界愈大。我家的三头政治团中瞻瞻势力最大，便是为了他年纪最小，所处的世界最广大自由的缘故。他见了天上的月亮，会认真地要求父母给他捉下来，见了已死的小鸟，会认真地喊它活转来；两把芭蕉扇可以认真地变成他的脚踏车；一只藤椅子可以认真地变成他的黄包车；戴了铜盆帽会立刻认真地变成新官人；穿了爸爸的衣服会立刻认真地变成爸爸。照他的热诚的欲望，屋里所有的东西应该都放在地上，任他玩弄；所有的小贩应该一天到晚集中在我家的门口，由他随时去买来吃或玩；房子的屋顶应该统统除去，可以使他在家里随时望见月亮、鹞子和飞机；眠床里应该有泥土，种花草，养着蝴蝶与青蛙，可以让他一醒觉就在野外游戏。看他那热诚的态度，以为这种要求绝非梦想或奢望，应该是人力所能办到的。他以为人们的一切欲望应该都是可能的。所以不能达到目的的时候，便那样愤慨地号哭。拿破仑的字典里没有

"难"字，我家当时的瞻瞻的词典里没有"不可能"之一词。

我企慕这种孩子们的生活的天真，艳羡这种孩子们的世界的广大。或者有人笑我故意向未练的孩子们的空想界中找求荒唐的乌托邦，以为逃避现实之所；但我也可笑他们的屈服于现实，忘却人类的本性。我想，假如人类没有这种孩子们的空想的欲望，世间一定不会有建筑、交通、医药、机械等种种抵抗自然的建设，恐怕人类到今日还在茹毛饮血呢。所以我当时的心，被儿童所占据了。我时时在儿童生活中获得感兴。玩味这种感兴，描写这种感兴，成了当时我的生活的习惯。

欢喜读与人生根本问题有关的书，欢喜谈与人生根本问题有关的话，可说是我的一种习性。我从小不欢喜科学而欢喜文艺。为的是我所见的科学书，所谈的大都是科学的枝节问题，离人生根本很远；而我所见的文艺书，即使最普通的"唐诗三百首""白香词谱"等，也处处含有接触人生根本而耐人回味的字句。我读了"想得故园今夜月，几人相忆在江楼"，便会设身处地地做了思念故园的人，或江楼相忆者之一人，而无端地兴起离愁。读了"流光容易把人抛，红了樱桃，绿了芭蕉"，便会想起过去的许多的春花秋月，而无端地兴起惆怅。我看见世间的大人都为生活的琐屑事件所迷着，都忘记人生的根本；只有孩子们保住天真，独具慧眼，其言行多是欣赏者。八指头陀诗云："吾爱童子身，莲花不染尘。骂之唯解笑，打亦不生嗔。对境心常定，逢人语自新。可慨年既长，物欲蔽天真。"我当时曾把这首诗托人用细字刻在香烟嘴的边上。

这只香烟嘴一直跟随我，直到四五年前，有一天不见了。以后我不再刻这诗在什么地方。四五年来，我的家里同国里一样的多难：母亲病了很久，后来死了；自己也病了很久，后来没有死。这四五年间，我心中不觉得有什么东西占据着，在我的精神生活上好比一册书里的几页空白。现在空白页已经翻厌，似乎想翻出些下文来才好。我仔细向自己的心头探索，觉得只有许多乱杂的东西忽隐忽现，却并没有一物强固地占据着。我想把这几页空白当作被开的几个大"天窗"，使下文仍旧继续前文，然而很难能。因为昔日的我家的儿童，已在这数年间不知不觉地变成了少年少女，行将变为大人。他们已不能像昔日的占据我的心了。我原非一定要拿自己的子女来作为儿童生活赞美的对象，但是他们由天真烂漫的儿童渐渐变成拘谨驯服的少年少女，在我眼前实证地显示了人生黄金时代的幻灭，我也无心再来赞美那昙花似的儿童世界了。

古人诗云："去日儿童皆长大，昔年亲友半凋零。"这两句确切地写出了中年人的心境的虚空与寂寥。前天我翻阅自己的画册时，陈宝（就是阿宝，就是做媒人的宝姊姊）、宁馨（就是做新娘子的软软）、华瞻（就是做新官人的瞻瞻）都从学校放寒假回家，站在我身边同看。看到"瞻瞻新官人，软软新娘子，宝姊做媒人"的一幅，大家不自然起来。宁馨和华瞻脸上现出忸怩的笑，宝姊姊也表示决不肯再做媒人了。他们好比已经换了另一班人，不复是昔日的阿宝、软软和瞻瞻了。昔日我在上海的小家庭中所观察欣赏而描写的那群天真烂漫的孩子，现在早已不在人间了！他们现在都已疏远家庭，做了学校的学生。他们的生活都受着校规的约束，社会制度的限制，和世智的拘束；他们的世界不复像昔日那样广大自由；他们早已不做房子没有屋顶和眠床里种花草的梦了。他们已不复是"快活的劳动者"，正在为分数而劳动，为名誉而劳动，为知识而劳动，为生活而劳动了。

我的心早已失了占据者。我带了这虚空而寂寥的心，彷徨在十字街头，观看他们所转入的社会，我想像这里面的人，个个是从那天真烂漫、广大自由的儿童世界里转出来的。但这里没有"花生米不满足"的人，却有许多面包不满足的人。这里没有"快活的劳动者"，只见锁着眉头的引车者，无食无衣的耕织者，挑着重担的斑白者，挂着白须行乞者。这里面没有像孩子世界里所闻的号啕的哭声，只有细弱的呻吟，吞声的呜咽，幽默的冷笑，和愤慨的沉默。这里面没有像孩子世界中所见的不屈不挠的大丈夫气，却充满了顺从、屈服、消沉、悲哀，和诈伪、险恶、卑怯的状态。我看到这种状态，又同昔日带了一叠书和一包食物回家，而在弄堂门口看见我妻提携了瞻瞻和阿宝等候着那时一样，自己立刻化身为二人。其一人做了这社会里的一分子，体验着现实生活的辛味；另一人远远地站出来，从旁观察这些状态，看到了可惊可喜可悲可哂的种种世间相。然而这情形和昔日不同：昔日的儿童生活相能"占据"我的心，能使我归顺它们；现在的世间相却只是常来"袭击"我这空虚寂寥的心，而不能占据，不能使我归顺。因此我的生活的册子中，至今还是继续着空白的页，不知道下文是什么。也许空白到底，亦未可知啊。

为了代替谈自己的画，我已把自己十年来的生活和心情的一面在这里谈过了。但这文章的题目不妨写作《谈自己的画》。因为：一则我的画与我的生活相关联，要谈画必须谈生活，谈生活就是谈画。二则我的画既不模拟什么八大山人、七大山人的笔法，也不根据什么立体派、平面派的理论，只是像记账般地用写字的笔来记录平日的感兴而已。因此关于画的本身，没有什么话可谈；要谈也只能谈谈作画时的生活与心情罢了。

1935年2月4日